君と時計と嘘の塔

第一幕

綾崎 隼

講談社
タイガ

第一幕
Act1

君と時計と嘘の塔

デザイン：bookwall
イラスト：pomodorosa

登場人物紹介

杵城《きじょう》 綜士《そうし》——高校二年生、写真部。主人公。
草薙《くさなぎ》 千歳《ちとせ》——高校三年生、時計部。
織原《おりはら》 芹愛《せりあ》——高校二年生、陸上部。
鈴鹿《すずか》 雛美《ひなみ》——高校二年生。
海堂《かいどう》 一騎《かずき》——高校二年生、写真部。
織原《おりはら》 亜樹那《あきな》——芹愛の継母。綜士の担任。
織原《おりはら》 泰輔《たいすけ》——芹愛の父。
織原《おりはら》 安奈《あんな》——芹愛の姉。
古賀《こが》 将成《しょうせい》——大学院生。雛美の恋人。

君と時計と嘘の塔

第一幕

第一話

自分を守るために嘘をついたから

1

好きな人を、ただ、ありのままに好きでいる。

たったそれだけのことが、どうしてこんなにも難しいんだろう。


世界中の誰よりも多くの時間を後悔に費やしてきた。そんな自意識過剰な思い込みを迷いなく抱く程度には、自身に失望しながら生きてきたように思う。

あの日に戻って、もう一度、やり直せたなら。すべての記憶を手にしたまま、生まれ変われたなら。きっと、もう二度と間違ったりはしないのに。

心臓が捩《ね》じ切れるほどの強さで願ってきたけれど、たった一つの願いは、十七歳になった今も叶《かな》う気配すら感じられない。

死ぬまで続く後悔を心の檻《おり》で飼いながら、期待も希望も失われた日々を呼吸する。

そんなどうしようもない毎日が始まったのは、今から五年前のことだ。

小学六年生、十二歳になって迎えた憧憬《しょうけい》の夏に、後悔の物語は始まった。

俺の暮らす街では、毎年、八月八日に『八津代祭《やつしろさい》』なる催しが開催される。開港記念祭、商工祭、川開き、歴史ある三つの祭典を一つにまとめ、昭和中期に第一回がスタートした、街をあげて行われる大規模な夏祭りである。

日本最大級の民謡流しと共に、例年、クライマックスには花火が河川敷で打ち上げられる。そして、小学生最後の夏休みを前に、男子たちの間で一つの論争が巻き起こった。

「打ち上げ花火は真横から見ても丸いのか」

終業式の後で誰かが不意に口にした疑問に対し、意見が真二つに割れていた。

俺は迷いなく、花火は真横から見ても丸いと断言した。球体のような砲弾が打ち上げられるシーンをテレビで見たことがある。花火が爆発によって起こる以上、どんな角度から見たって形は同じはずだ。

しかし、真っ向から反対する者も現れる。クラスの中心に君臨する俺に、ことあるごとに挑戦的な態度を見せる山中深志《やまなかふかし》は、その急先鋒《きゅうせんぽう》だった。

去年の花火大会では、キャラクターの顔に見える花火が打ち上げられていた。どんな角度からでも同じように見えるのであれば、そんなことは出来ないはずだ。彼はそう主張したのである。

説得力のある山中の意見に押され、『真横から見ても花火が丸く見える派』は追いつめられる。だが、百聞は一見に如《し》かずだ。この劣勢を覆《くつがえ》すため、俺は証拠写真を撮って、反対意見を一蹴してやろうと思っていた。

夏祭り当日の夜、電車に乗って白鷹《しろたか》高校を目指した。

八津代町の中心部には街を一望出来る小高い丘があり、白鷹高校はその上に建っている。花火大会の打ち上げ会場からも離れていないため、高校の敷地内からならば、ベストな角度の写真を撮れることだろう。

街で一番高い場所に建造されたことに起因するのだろうか。白鷹高校の中央部には、モニュメントとも呼ぶべき、一際《ひときわ》目立つ時計塔があった。

正門に辿《たど》り着き、時計塔を見上げると、二つの針が午後七時半を示そうとしていた。

歴史ある夏祭りが催される夜である。既に生徒、職員共に下校した後なのだろう。校舎の灯《あか》りはすべて消されていた。

正門を乗り越え、生徒用の昇降口に辿り着くと、花火の打ち上げが始まる。

一瞬で夜空が色とりどりに染め上げられ、息を飲むほどの情景が浮かび上がった。

敷地内でも十分な高さがある。ここからでも証拠写真は撮れるが、出来れば被写体を真横から捉《とら》えたい。屋上とまでは行かなくとも、四階まで上がれないだろうか。

昇降口の扉は施錠《せじょう》されていたものの、そのまま ぐるりと校舎を回って確認していくと、職員用玄関の扉が一つ開いていた。

この扉だけ施錠を忘れたのだろうか。それとも、用務員か誰かが残っているからだろうか。真相はともかく、忍び込むには細心の注意が必要だろう。

自分が不審者であることは自覚している。電灯をつけるわけにはいかない。真っ暗な校舎は足が震えるほどに恐ろしかった。それでも、花火の音と光に勇気付けられながら、持参していた懐中電灯の灯りを頼りに、階段を昇っていく。

四階に辿り着き、窓の向こうに捉えた花火のシルエットは、やはり綺麗《きれい》な円形だった。教室を背に、廊下の窓枠に手を掛けて、しばし打ち上げ花火に見入る。

夜空を彩《いろど》る雅《みやび》な残光。その美しさにこのまま見惚《みと》れていたかったが、ここに来た目的を見失うわけにもいかない。首から下げていたカメラに手をやる。

小学生が持つには高価な一眼レフカメラ。これは、小学三年生の夏に母と離婚し、家を出て行った父親から譲り受けたものだ。写真を撮る趣味があった父は、何台もの高価なカメラや望遠レンズを所有しており、普段はほとんど触らせてもらえなかったけれど、旅行などに出掛けた時は貸してもらえることがあった。

花火の撮り方のコツも、父親に教えてもらったことがある。廊下の手すりを三脚代わりに使い、感度と絞り値、シャッター速度を設定していく。それから、眼下の街を背景に入れて、シャッターを切っていった。

横から見ても花火は丸いと断定した俺に、誰よりも強く反論してきたのが山中である。五年生の時も、六年生になってからも、あいつはクラス委員長を選ぶ際に、いつも最後まで対抗してきた。一昨年《おととし》までは所属クラスのリーダーだったようだし、現行のクラスで最も目立つ俺の存在が面白くないのだろう。

六年二組で一番成績が良い男子は俺だ。運動神経が良い男子も同様に俺である。山中もそれなりに優秀だとは思うが、所詮、敵ではない。この証拠写真を突きつけることで、今一度、格の違いを見せつけてやるつもりだった。

目的の写真は十分に撮ることが出来た。

不気味な夜の学校に、いつまでも居座る意味もない。

しかし、帰ろうとしたまさにその時、『それ』は起こった。

身体《からだ》が芯《しん》から揺さぶられ、バランスを崩して廊下に倒れ込む。

突如《とつじょ》、発生したのは、過去に体験したことがないレベルの大地震だった。

縦揺れなのか横揺れなのかも理解出来ないまま、その場にうずくまる。あまりの恐怖に頭を抱え、目をつむったまま揺れが収まるのを待ち続けることしか出来なかった。

未曾有《みぞう》の大地震は一体、どれくらい続いただろう。

無事でいられたことが不思議なくらいの大地震だったのに、揺れが収まり、顔を上げると、周囲の様子には一切の変化が見られなかった。窓ガラスが割れているなんてこともなかったし、背後の教室を覗《のぞ》いてみても中は乱れていない。

大地震の後には余震が続くと聞いたことがある。

今は一秒でも早く、ここから立ち去りたかった。

階段を駆《か》け降り、唯一、開いていた職員玄関を抜けると、振り返りもせずに校舎を後にする。

正門を飛び出す直前、何かを踏みつけてしまったのか、足下から鈍《にぶ》い音が聞こえた。戻って確認した方が良いかもしれない。一瞬、そんなことも思ったのだけれど、直後に誰かの声が聞こえた気がして、俺は足を止めることが出来なかった。

用務員か誰かが残っていた可能性だってある。大人に見つかってしまえば間違いなく咎《とが》められるだろう。絶対に捕まるわけにはいかない。

駅まで続く坂道を、そのまま一気に駆け下りていった。

まだ足下が揺れているような感覚と共に、自宅へ戻るための電車に乗り込む。

そして、北河口《きたかわぐち》駅で車両を降り、時刻を確認しようとしたところで、背筋に冷たいものが走った。ポケットに入れていたはずの懐中《かいちゅう》時計が見当たらなかったのだ。

それは、三年前、家を出て行った父親に、一眼レフのカメラと共にもらった、ウォルサムアンティークの懐中時計だった。裏面に『SOUSHI KIJOU』の名前が刻印された、父親との特別な想い出の品である。

まさか、あの時、落としてしまったのだろうか……。

慌《あわ》てて正門を飛び出す直前、足下から鈍い音が聞こえたことを記憶している。あれは何かを踏みつけた音ではなく、ポケットから懐中時計が落ちた音だったのかもしれない。

電光掲示板を見上げると、時刻は午後九時を回っていた。校内には二十分もいなかったはずなのに、いつの間にこんなに時間が経《た》っていたんだろう。

あの懐中時計は大切な宝物だ。しかし、今から白鷹高校に戻ったら、帰宅が何時になるかも分からない。

最近、不審者騒ぎがあったからなのか、学校から配られた注意書きには、保護者と一緒でも、祭りからは九時までに帰宅するよう記されていた。そうでなくても、こんな時間に小学生が一人で歩いているところを見られたら、確実に面倒なことになる。

今は諦《あきら》めて、自宅へと戻るしかなさそうだった。

失《な》くしてしまった懐中時計のことが頭から離れない。

憂鬱《ゆううつ》な思いに支配されながら、帰途につく。

幸いにも道中、知り合いと遭遇することはなかったが、最後の最後で嫌な顔と鉢合わせすることになってしまった。

角を曲がったところで、道路を挟んで向かいの家に住む同級生、織原芹愛《おりはらせりあ》が反対側から歩いて来たのだ。

芹愛の母親は、彼女が小学校に上がる前に病気で亡くなっている。織原家は現在、父親、姉、芹愛の三人暮らしだ。浴衣姿で帰宅したということは、友達と夏祭りに出掛けていたのだろう。

五年生への進級時にクラスメイトとなった芹愛は、今、俺が一番嫌っている相手だ。近付きたくもなかったけれど、歩調を落とすのも逃げているようで気分が悪い。

目線を合わせないように家まで向かったのに、同じタイミングで玄関の前に辿り着いてしまった。ちらつき始めた小雨が、肩と髪を濡らしていく。

自分が嫌われていることに気付いているのか、いないのか。

芹愛は立ち止まると、値踏みでもするような瞳を俺に向けてきた。

「……こんな時間まで出歩いて良いのかよ」

冷静に考えてみれば、他人に注意出来るはずもないのだが、嫌味の一つでも言ってやりたくて、気付けば唇《くちびる》からそんな言葉が零《こぼ》れ落ちていた。

一瞬、不思議そうな顔をした後で、芹愛は自らの腕時計に目をやる。それから、

「別に。問題ないでしょ」

そっけなく告げると、彼女は自宅へと入っていった。

表面的な事実だけをなぞれば、杵城《きじょう》綜士《そうし》と織原芹愛は幼馴染《おさななじみ》ということになる。

とはいえ、関係性というのは環境だけが形作るものではない。芹愛とは幼稚園も別だったし、小学校でも去年までは同じクラスになったことがなかった。

家族ぐるみの付き合いというものも両家の間には存在しない。織原家の食卓を心配し、うちの母親は時々お裾《すそ》分《わ》けを用意していたけれど、交流なんてせいぜいその程度だ。

性別の違う俺たちが友達になるきっかけなどなかったし、ずっと、芹愛は向かいの家に住む、ただの隣人でしかなかった。

しかし、同じクラスになって以降、芹愛の言動は嫌でも目につくようになる。


小学生になってからの四年間、教室の中に自分よりも優《すぐ》れた人間がいたことは一度もなかった。どんな場面でも真っ先に教師に頼りにされてきたのが俺であり、同級生というのは、いつだって俺の能力を証明するための引き立て役でしかなかった。

ところが五年生になり、クラスメイトとなった織原芹愛こそが、生まれて初めて出会った、自分の地位を脅《おびや》かす存在となっていく。

冗談の一つも言えないくせに、優秀な芹愛は不思議と目立ってしまう。世界の中心でいなくては気が済まなかった俺にとって、芹愛は明確に目障《めざわ》りな存在だった。

山中のように嫉妬《しっと》に駆られて突っかかってくる奴《やつ》は、これまでにもいた。けれど所詮、凡人は凡人だ。打ち上げ花火の件でも証明されたように、お喋《しゃべ》りなだけの馬鹿は脅威にすらならない。

問題は織原芹愛が不言実行タイプの有力者である点だ。不遜《ふそん》になることも、自信過剰に陥《おちい》ることもなく、芹愛はただその行動のみで皆の注目を集めていく。

まだ十二歳だったあの頃、教室という狭量《きょうりょう》な空間は、俺のすべてだった。アイデンティティを脅かす、敵視すべき少女。

当時の俺にとって、織原芹愛はそういう存在だったのだ。

2

小学生最後の夏休みは、嫌な思い出ばかりで塗り潰されることになる。

八津代祭の翌日、ラジオ体操をさぼって、早朝から白鷹高校に出向いたのに、失くした懐中時計を見つけることは出来なかった。

地震に遭遇した時に、校内で落としてしまったんだろうか。仮にそうだとしたら、もう出来ることはない。職員になんて尋《たず》ねたら、間違いなく校内にいつ入ったのかと問い質《ただ》されることになるだろう。それから先の展開は火を見るよりも明らかだ。

登校日、山中《やまなか》たちに花火の写真を見せたが、証拠写真を突きつけられてもなお、あいつは負けを認めなかった。写真なんて幾らでもパソコンで加工出来る。そう言い張り、取り巻きどもも山中の反論に同調したのだ。まったくもって度しがたい馬鹿ばかりだった。

しかも、俺以外の人間は既にその論争への興味を失っており、なあなあのまま事態は自然消滅を迎えることになる。

結局、あの日の俺の努力は、宝物の懐中時計を失くすだけという結果に終わっていた。

本当に最低最悪の夏休みだった。

長期休暇が終わり、授業が再開しても、苛立《いらだ》ちは加速を続ける。

相変わらず、織原芹愛《おりはらせりあ》は教室で目の上のたんこぶであり続けていた。

そして、体力測定の実施に伴い、とうとう彼女の存在は看過《かんか》出来ないものとなる。

運動神経に優れる天才というのは、どの筋肉をどれだけ動かせば効果的に肉体の機能を発揮出来るのか、本能的に理解しているものだ。俺は小学生にして、自らの身体を制御する術《すべ》を理解していた。

走高跳《はしりたかとび》の測定が始まり、次々と失敗していくクラスメイトたちを横目に、一人、誰よりも高いバーをクリアして見せる。今年も俺の圧勝で間違いなかった。

「どうしてあんな高さを跳《と》べるんだ？」

「身体を浮かすコツを教えてくれよ」

矢継ぎ早に浴びせられる質問に対し、「才能の差だよ」と自信満々に答えていたのだけれど、そうこうしている内に記録更新の報が届く。

いつの間にか、芹愛が俺の最高記録を更新していたのだ。

女子の方が発育の良い時期である。芹愛の方が身長も高いとはいえ、彼女は女子だ。肉体の構造が根本から違うはずであり、俺が女に負けるなんて信じられなかった。

芹愛に跳べて俺に跳べないはずがない。先生にもう一度チャレンジさせて欲しいと頼み込み、クラスメイトの視線を一手に浴びながら、再度、未到の高さに挑む。

しかし、圧倒的に高さが足りず、あっさりと腰でバーを引っかけてしまった。その上、そんな俺を嘲笑《あざわら》うかのように、芹愛は十センチ以上高いバーをクリアしてしまう。

女子が男子に勝ったというだけでも大ニュースなのに、彼女の記録は、どうやらこの小学校で生まれた最高記録だったらしい。

体育館の入り口には、この学校の児童が達成した種目ごとの陸上最高記録が掲げられている。芹愛は実に七年振りに、その記録欄を更新した人間となっていた。

あの日を境に、クラスの主役の座は、完全に芹愛のものになっていった。

寡黙な彼女は輪の中心に据えられても、ほとんど自分からは口を開かない。それでも、誰もが彼女をクラスの誇りに感じているのは明らかだった。

これまでずっと、いつだってクラスの中心には俺がいた。人気も、賞賛も、すべては俺一人のためだけにあったのに、冗談の一つも言えないあんな女が、突然、独占するようになってしまった。校内の陸上記録を一つ塗り替えただけで、何故《なぜ》、こんなにも評価されなければならないというのだろう。

しかも彼女への賞賛には、『あの杵城綜士《きじょうそうし》に十センチ以上の差をつけて勝った』などという修飾語までついているらしい。女に負けたというだけでも恥ずかしいのに、自分がいない場所で笑い話の種にされているなんて、気が狂いそうだった。

彼女の一挙手一投足が注目されているからだろう。

「もうすぐ芹愛の父親が再婚するらしいぜ」

そんな噂《うわさ》までもが、聞きたくもないのに耳に入ってくる。彼女の家庭の事情なんて、俺にとっては心底どうでも良い話だ。何故、そんな話を休み時間に聞かされなければならないというのか。芹愛への賞賛を耳にすることも、彼女が中心となった教室で過ごすことも、うんざりだった。

これ以上は耐えられそうにない。

こんな歪《いびつ》な世界は、絶対に修正されなければならない。


「先生、俺の持ってきた望遠レンズが無くなりました」

授業後の学級会で、教師の話が途切れた隙《すき》を狙って手を上げる。

本日の三限、天秤《てんびん》を使って物の重さを比べてみるという理科の授業が行われた。物体には密度というものが存在し、目に見える大きさと、実際の重さに差異がある。見た目に反して、一番重たい物を持ってきた児童が優勝という宿題が出され、今日は各自が様々な物を自宅から持ってきていた。もちろん、宝石などの高価な物は禁止されていたけれど、各自が存分に頭を捻《ひね》り、重たそうな物を持ってきている。

「鞄《かばん》の中に入れておいたのに見つからないんです」

「返却する時に誰かが間違えちゃったのかな。じゃあ、皆も鞄の中を探してみようか」

重さの計測は班ごとに行われたため、各自が持参した物は順番に回されていた。

「……あれ。先生、俺のメダルもないです」

不安そうに声を上げたのは山中深志《やまなかふかし》だった。彼の父親は国体への出場経験を持っていたらしく、山中は父親の獲得したメダルを自宅から持ってきていた。自慢話が大好きな山中らしい選択だった。

実験なんてそっちのけで、そのメダルがいかに貴重な物なのか、そんな話ばかりをしていた山中に、大半のクラスメイトがうんざりしていたように思う。だが、そのお陰で、誰もが山中の持ってきたメダルが貴重品であることを十分に理解している。

「盗まれたんだ。やったのは誰だよ！　この教室にいるはずだ！」

山中は憤怒《ふんぬ》の表情で、わめき散らす。

事態は俺の目論見《もくろみ》通りに進んでいた。教室の奥に目をやると、そこに予想通りの光景が顕在《けんざい》している。自分の鞄の中を見つめながら、芹愛が唇を噛《か》み締《し》めていたのだ。

「ちょっと落ち着いて。盗まれたなんて大袈裟《おおげさ》だよ。もう一回、調べてみよう。本当に鞄の中に入れたの？　机やロッカーの中も……」

「そんなの時間の無駄だよ。だってケースは残っているのに、中のメダルだけが消えているんだ。これを見ても先生は盗まれていないって言えるんですか？」

山中が空っぽになったケースを掲げ、担任は反論のための言葉を失くす。

顔を真っ赤にした山中は、犯人を見定めるように教室を見回していき、その視線が鞄に手を突っ込んだまま固まっている芹愛で止まった。必然的にクラスメイトたちの視線も芹愛に集中する。

「……織原、鞄、見せてくれよ」

山中の低い声が響き、芹愛が身体を小さく震わせた。

答えられない芹愛の机まで歩み寄り、その鞄に無造作に手を突っ込むと、勝ち誇った顔で山中はメダルを取り出した。

「これ、俺のメダルだよな。どういうことか説明しろよ。お前が盗んだのか？」

「……私はそんなことやってない」

「はあ？　じゃあ、これは何なんだよ。綜士、お前も見てみろよ」

促《うなが》されるまま芹愛の下に歩み寄り、彼女の鞄を覗き込む。仕込んだ通りの場所にあった望遠レンズに手を伸ばし、彼女に告げる。

「お前がこんなことをする奴だったなんて思わなかった」

「違う。私は……盗みなんて……」

身に覚えのない事態に芹愛は動転していたが、彼女が挙動不審な姿を見せれば見せるほど、疑いに確信だけが付与されていく。

「人より高く跳べたって、泥棒でメダルを手に入れるような奴は偉くも何ともない。ただの卑怯《ひきょう》者じゃないか」

どうして、あの頃の俺は、あんなにも愚《おろ》かで最悪な人間だったんだろう。

良心の呵責《かしゃく》すら感じずに、俺は芹愛を追い詰めようとしていた。

山中のメダルを盗み、父から譲り受けた望遠レンズと共に、芹愛の鞄に滑《すべ》り込ませたのはほかならぬ俺だ。彼女の評判を、彼女に集まる注目を、すべて台無しにするために、俺はなりふり構わぬ手段に出ていた。

ただ、芹愛のことが嫌いだという、そんな気持ちだけを根拠に、俺は卑劣な手段で彼女を貶《おとし》めようとしていた。


「本当に私はやってない。どうして鞄に入っていたのか……」

「嘘をつくなよ！　お前がやってないなら、どうしてメダルが移動するんだ？　俺たちが自分で入れたって言うのか？」

顔を真っ赤にして憤《いきどお》る山中に気圧《けお》されながらも、芹愛は罪を認めようとしない。事実、彼女はやっていないのだから認めようがないのだろう。そして、幾《いく》ら話し合ったところで真相なんて誰にも分かるはずがない。

「言い訳は聞きたくない。この望遠レンズは出て行った父親にもらった大切な物なんだ。俺はこれが返ってくればそれで良い」

重要なのは、この事件が皆の心に刻まれることだ。織原芹愛はクラスメイトの持ち物を盗むような少女だと、そう全員が認識してしまえば目的は達成される。既に彼女の評判は十分に落とせたことだろう。

そのまま俺は自席まで戻ったのだけれど、山中の怒りはまだ収まっていなかった。

「素直に謝れば許してやったのに、お前は認めようとしない。だったら確かめようじゃないか。俺の父さんは警官だ。このメダルについている指紋を調べてもらう」

山中の発言に先生が表情を歪《ゆが》めた。

「そんな大事《おおごと》にしなくても良いんじゃない？　お父さんもお仕事で忙しいでしょ？」

「窃盗《せっとう》は立派な犯罪行為だ。しかも、織原は認めていない。父さんが言っていました。一番悪い人間は罪を反省しない奴だって。こいつのことじゃないですか。学校に持ってくる前に、父さんがメダルをしっかりと磨《みが》いてくれたんです。授業で回した時は、ケースから出していない。このメダルに触った人間は、俺と父さんを除けば、鞄の中から取り出した犯人しかいない」

状況が変わり始めていた。

指紋を調べる方法なんて知らないが、確かに山中の父親は警官だ。

「メダルを貸してもらった上に、お父さんにそんなことまで頼むなんて申し訳ないよ。きっと、お仕事も忙しいはずだし、教室で起きたことは教室で……」

「これだって立派な仕事です。窃盗罪だ」

担任はなだめようとしていたが、山中に引く気配は見られない。小学校の教室で起きた事件に、警察が首を突っ込むとは思えない。しかし、相手は思慮の浅い山中の父親である。もしかしたら息子に言われるまま、盗難事件に怒りを見せるかもしれない。

「……そのくらいにしろよ。もう返ってきたんだから良いだろ」

　本当に指紋の検査なんてされたら、洒落《しゃれ》にならない。メダルから山中家の人間以外の指紋が検出されるとすれば、それは黒幕である俺のものでしか有り得ない。

「良いわけないだろ。織原は盗みを認めてないんだぞ」

「認めてなくても、もう犯人は分かったんだ。それで十分じゃないか」

「何でだよ。織原は犯罪者だぞ。しかも反省だってしてないんだ。罰せられるまで犯罪者は許されるべきじゃない」

　悪を裁いている自分に酔っているのか、山中の怒りは衰《おとろ》える様子を見せなかった。

「面倒くさい奴だな。俺はさっさと帰りたいんだよ」

「綜士、織原を庇《かば》っているのか？」

「何で俺が庇わなきゃいけないんだよ」

「そのカメラのレンズ、父親にもらった大切な物なんだろ？　そんな大事な物を盗まれたのに、どうして腹を立ててないんだ？　指紋を調べればすぐに犯人は分かるんだ。大体、もしも織原が盗んでいないのなら、俺たちの自作自演ってことになるじゃないか。俺はそんなことやってない。お前だってそうだろ？　それとも、織原を庇うってことは、まさか綜士がやったのか？」

　いつの間にか風向きが変わっていた。

「指紋を調べられたら、何かまずいことでもあるのか？」

「……別にそんなことないけど」

肉体というのは心に正直なものらしい。強く言い切らなければならなかったはずなのに、想像以上に小さな声しか出てこなかった。

「……綜士、動揺してないか？」

山中の目の奥が光る。

「お前、もしかして……」

クラスメイトたちの視線に、疑念が生まれ始めていた。何か言わなきゃならない。山中のメダルと望遠レンズを盗んだ犯人は芹愛だ。芹愛でなければならないのだ。

「なあ、綜士。指紋を調べてみても良いよな？　このメダルに触っていないお前の指紋がついてるわけないもんな？」

当たり前だ。俺の指紋なんてついていない。調べてみろよ。

そう断言しなければならないのに、言葉が喉《のど》に詰まって出てこなかった。やるべきことは明快なのに言葉が出てこないのは、身体が理解しているからだ。そのメダルには芹愛ではなく、俺の指紋がついている。調べられてしまえば、言い訳のしようもなくなる。

俺は無実の罪を芹愛になすりつけようとしていた。それは、多分、単純な盗難よりもずっと悪質な犯罪だった。

「杵城君、言いたいことがあるなら、今、正直に言いなさい」

疑念と厳しさを混ぜたような、担任の視線が突き刺さる。駄目だ。大人の目は誤魔化せない。下手《へた》を打ってしまったせいで、もう担任は真実に気付いている。

俺を見つめるクラスメイトの顔色が、次々と変わっていくのが分かった。

このままでは皆に軽蔑されてしまう。

最低の人間として記憶されてしまう。

まだ、この教室で半年も過ごさなければならないのに。

小学校を卒業したって、転校でもしない限り、同じ中学に進学しなければならないのに。

たった一度の致命的な失敗で、絶望的な未来に足を踏み入れてしまったことに気付く。

このまま俺は皆に軽蔑されたまま、生きていくことになるのだ。いつだってクラスの中心だったのに。誰よりも人気があって、教師に頼りにされていて、世界は俺を中心に回ってさえいたのに。たった一度のミスで、すべてが失われてしまう。

軽蔑と共にある人生、そんな毎日に果たして耐えられるだろうか？

……無理だ。俺には耐えられない。

皆に軽蔑されながら生きていくくらいなら、死んだ方がマシだ。いっそのこと、このまま家に帰らずに死んでしまおう。線路にでも飛び込めば、きっと一瞬で終わる。

そんなことまで考え始めていた、その時だった。

「……私が盗みました。ごめんなさい」

一瞬、鼓膜《こまく》に飛び込んできた言葉の意味が分からなかった。

そんなことあるはずがない。山中のメダルを盗み、望遠レンズと共に、芹愛の鞄に忍び込ませたのは俺だ。自作自演の盗難事件だったのに……。

立ち上がった芹愛が頭を下げていた。

「織原さん、本当にあなたが？」

「はい。ごめんなさい」

何が起きているというのだろう。芹愛が盗難を認め、俺と山中に謝罪していた。

意味が分からない。彼女はさっきまで頑《かたく》なに否定していたじゃないか。実際、無実なはずなのに、何故、急に……。

「何だよ。やっぱり、お前が盗んだんじゃないか。さっさと認めろよ」

山中は溜息《ためいき》をつくように吐《は》き捨《す》てると、そのまま自分の席に面白くなさそうに座った。

「……織原さんは放課後、職員室に来るように」

担任が最後にそれを告げ、微妙な空気を引きずったまま学級会は終わることになった。

あの日、芹愛が嘘をついた理由は分からない。ただ、その目的だけは明白だ。芹愛は俺を、彼女を犯罪者に仕立て上げようとしたはずの俺を庇ったのだ。

その日を境に、芹愛には泥棒のレッテルが貼られ、彼女は学年の中で誰よりも嫌われることになる。急速に集まった注目と尊敬は一瞬で霧散《むさん》し、彼女は友達を全員失った。

体育館の入り口に張られた彼女の記録は、『卑怯者』という落書きで汚され、誰もそれを消すことをしなかった。


すべてが俺の望んだ通りの世界になっていた。

それなのに、こうなることを望んでいたはずなのに、どうしてこんなにも苦しいんだろう。虐《しいた》げられていく彼女を見る度に、苦々しいまでの怒りが湧き上がる。

芹愛はあの事件の真相を知っているはずだ。

あれは同情だったんだろうか。

それとも、虚栄心に満ちた可哀想《かわいそう》な男にかけられた憐《あわ》れみだったんだろうか。

あの日、芹愛は確かに、みじめな俺に情けをかけた。嫌われることに耐えられない矮《わい》小《しょう》なお前の代わりに、私が嫌われてあげる。そういう傲慢《ごうまん》な情けを俺にかけたのだ。

悔《くや》しかった。苛立たしかった。誰よりも嫌いな彼女にかけられた憐れみは、心の柔らかい場所に、二度と抜けないほどの強さで、棘《とげ》のように突き刺さる。

織原芹愛を貶めようとしたのは、自分がクラスの中心であり続けたかったからだ。

しかし、あの事件を境に、そういった欲望のすべてが、腹立たしいまでにむなしいものへと変わってしまう。

周囲の人間に認められたからと言って、それが何だというのだろう。自分が好きでもない人間に認められることに、一体、何の意味が有るというのだろう。評判を失うことを恐れなかった芹愛は、初めからそんなことに気付いていたんだろうか。

急速に何もかもがむなしくなり、次第に俺もまた、周囲から孤立していくようになる。


小学校を卒業し、中学生になっても、自分の中心にある感情に変化は起こらなかった。

あの事件以来、芹愛と喋ることは一切なくなった。

家の前で鉢合わせしても、挨拶すら交《か》わさなくなった。

それでも、心の中は芹愛のことでいっぱいだった。

朝だって、真夜中だって、彼女のことばかり考えてしまう。

俺に情けをかけた彼女のことが大嫌いだった。

憐れみなんかで救いの手を差し伸べられたことがたまらなく苦しかった。

このまま死ぬまで、彼女のことを憎みながら生きていくんだろう。

そんな風に考えていたのに、十四歳になった頃、俺は絶望的な真実に気付く。

いつから始まった感情なのかさえ分からないけれど、間違いない。
こんなにも頭から芹愛が離れない理由。
それは、ひとえに彼女のことが好きだったからなのだ。
杵城綜士の心は、いつの間にか、どうしようもないほどに織原芹愛に囚《とら》われていた。

叶うなら、誰でも良いから答えを教えて欲しい。

好きな人を、ただ、ありのままに好きでいる。
たったそれだけのことが、どうしてこんなにも難しいんだろう。

第二話

赦されるには重過ぎて

1

カーテンの隙間《すきま》から、眩《まぶ》し過ぎるほどの朝日が差し込んでいた。

直前までの風景が、ただの悪夢だったのだと気付くまでに、どれだけの時間を要しただろう。その手触りを思い出せるほどに、鮮明な夢を見ていたように思う。

首元が汗でぐっしょりと濡《ぬ》れている。確かな質感を持つベッドの上で目覚めた今も、この起床こそが嘘《うそ》のようだった。あまりにもリアルな夢を見ていたせいで、逆に現実感が失われているのだ。

机の上のデジタルクロックに目をやると、九月十日、木曜日の午前七時だった。

夢の中では白稜祭《はくりょうさい》が行われていたけれど、白鷹《しろたか》高校の今年の学園祭は十月十日開催である。楽しみでも何でもないのに、俺は一ヵ月も先の夢を見ていたのだ。

……いや、少し語弊《ごへい》があるだろうか。正確に言えば、夢のラストシーンは学園祭ではなかった。夜行祭から帰宅して、母親に嫌な話を聞いたところで目覚めている。

入れ違いで出掛けようとしていた母親が、目に涙を浮かべており……。

『夕方に駅で芹愛《せりあ》ちゃんが死んだの』


そんな風に告げて、母は脇をすり抜けて家を出て行った。

直後に目が覚めて本当に良かったと思う。上手《うま》くいかない毎日は現実だけで沢山だ。芹愛が死んだ世界で呼吸を続けるなんて、狂おしいまでの絶望にほかならない。

自分を守るために嘘をついたあの日から、早いものでもう五年になる。

小学生以来、彼女から徹底的に嫌われていることは百も承知だが、今でも芹愛の幸せを強く願っていた。卑怯《ひきょう》な少年のせいで失ってしまった幸福な人生を、いつかの未来で彼女が取り戻してくれることを、ただひたすらに強く願っている。

芹愛が幸せになれないまま死ぬなんて、俺には耐えられないことだった。


制服に着替えてから、リビングに降りていく。

最近、母親とは顔を合わせれば喧嘩《けんか》になる。それでも、毎日、食事だけはきちんと用意されていた。頼んでもいないのに産んだのだから、これくらいの世話は当然だ。そんな風に思うこともあるし、本当は感謝すべきことなのかもしれないと思うこともある。

都合の悪い真実に気付かないよう、心に蓋《ふた》をしたまま食卓につくと、段ボールを抱えて母がキッチンからやって来た。

「綜士《そうし》。お祖父《じい》ちゃんから茄子《なす》と南瓜《かぼちゃ》が大量に送られてきたんだけど、お裾分《すそわ》け、織原《おりはら》さんの家に届けてもらえる？」

「目と鼻の先なんだから自分で行けよ」

「化粧もせずに家から出られない。学校に行く前に、ちょっと届けるだけでしょ」

「だから嫌だって。登校前に担任に会うなんて気が滅入《めい》る」

若くして妻と死別した芹愛の父親は、俺たちが小学六年生の冬に再婚している。再婚相手は高校教師で、何の因果《いんが》か現在は俺のクラス担任となっていた。

芹愛が小学校に入学する前に、彼女の実母は病死している。ある程度の時間が経《た》っていとはいえ、父親が別の女を愛することを素直に受け入れられなかった初、芹愛と継母《ままはは》の関係はあまり上手くいっていなかったらしい。噂話《うわさばなし》の好きな俺の母親に聞いた話だから信憑《しんぴょう》性は定かではないが、確かに芹愛が継母と親しくしている姿は見掛けたことがなかった。

とはいえ二人が家族になって随分と時間も経つ。

二人の関係性が今も微妙なままであるとは限らない。家族だからこそ、遠慮のない物言いになるということもあるはずだ。俺と母親が繰り広げるようなどうしようもない喧嘩を、芹愛も継母と交《か》わすことがあるのかもしれない。

「いつも家の手伝いをしてくれないんだから、このくらいやってくれても良いのに」

俺が小学三年生の夏に、父は家を出て行ってしまった。それ以来、この家で暮らしているのは二人だけだ。そして、ある時を境に俺は一切、家事を手伝わなくなった。

「どうして協力してくれないの？　もう高校二年生なのに」

「いい加減、俺に期待するのやめろよ。駄目な奴《やつ》なんだよ。失敗作なの」

「卑屈を我儘《わがまま》の言い訳にしないで」

「泣きわめく子どもの懇願《こんがん》を無視して、離婚したのはそっちだろ？　自分は上手くやれなかったくせに、子どもにだけ質を求めるなんて、都合が良過ぎると思わないのか？」

「綜士だっていつかは結婚するでしょ？　家事を全部、奥さんに任せるの？」

俺みたいなクズが結婚なんて出来るわけない。

現実味のない仮定には本当に苛々《いらいら》させられる。

「愚痴《ぐち》を聞かされながらじゃ味も分からない。もう朝飯は食わない」

口をつけ始めたばかりの朝食を残し、追いすがる声を無視して二階に上がった。


いつから、こんな風になってしまったんだろう。

どうして悪態《あくたい》しかつけなくなってしまったんだろう。

気付けば、母を傷つけるような言葉しか吐《は》けなくなっていた。

すべてを五年前の事件に結び付けて考えてしまうのは、俺の悪癖だろうか。

あの日、この胸に生まれた後ろめたさのせいで、俺は真っ直ぐに前を向けなくなった。

芹愛を卑怯者にしてしまったあの瞬間に、自分を見限ることになったのだ。


こんな地方都市では、私立中学に進学する児童など極めて稀《まれ》である。ほとんどの子どもが地元で進学するため、中学生になっても校内の顔触れに大した変化は生じない。小学校を卒業した後も、芹愛は変わらず周囲から軽蔑されたままだった。

自らに着せられた汚名を釈明することも、噂を知らない同級生に近付いて友達を作ることも、彼女はしなかった。チームプレーをほとんど要求されない陸上部に入り、放課後もグラウンドで一人きりだった。

除《の》け者にされる芹愛を見る度に心が軋《きし》み、後悔で狂いそうになる。


そんな芹愛の人生を知りながら、俺一人が安穏《あんのん》と暮らせるはずもない。

あの事件以来、他人の評価に意味を見出《みいだ》せなくなったこともあり、俺は明確な壁を友人との間に作るようになっていた。

周囲に対する心ない態度は容易に伝わる。一人、また一人と友人が離れていき、いつしか俺も周囲から孤立するようになっていく。

零落《れいらく》に至るまで、さしたる時間は必要なかった。

浅薄な同級生たちに苛立ちながら、誰よりも俺を軽蔑しているだろう芹愛を恨《うら》めしいまでに想い続ける。そういう不毛で孤独な中学生活を送っていた。

・

五年前、芹愛は走高跳《はしりたかとび》で男子を遥《はる》かに超える高さをクリアし、数年振りに小学校の記録を更新している。どうやらあのジャンプはまぐれではなかったようで、芹愛は十四歳の夏には、全国大会に出場するレベルの選手になっていた。地元紙にカラーで紹介される程度には、有望な選手へと成長していたのだ。

放課後、黙々と一人で練習に打ち込み、何度でも高く跳び上がる彼女は、あの頃、何を想っていたんだろう。

父親が高校教師の女性と再婚し、織原家は、両親、姉、芹愛の四人家族になった。小学生の頃は母が作った料理を届けることがあったけれど、織原父の再婚を機に、そういう習慣もほとんどなくなった。

現在の織原家の家庭事情など、俺には知る術《すべ》もない。しかし、家の中でくらいは、芹愛の心が穏《おだ》やかであれたら良いと、心の底から思っていた。

高台に立つ私立の白鷹高校は、地区随一の進学校であり、陸上部に力を入れている。そんなこともあり、芹愛は一般の生徒よりも随分と早く、スポーツ推薦によって白鷹高校への進学が決まっていた。そして、それは奇《く》しくも芹愛の継母の勧める学校だった。

俺には将来の夢がない。やってみたい仕事も、叶《かな》えてみたい目標もない。

芹愛に赦《ゆる》して欲しい。その幸福を見届けたい。心にある願いは、その二つだけだ。

有数の進学校である白鷹高校には、例年、うちの中学からは数名しか合格者が出ない。模試を受け始めた当初は、学力的にも厳しいものがあったのだけれど、芹愛の進路が秋口に決まっていたため、入試に向けて挽回《ばんかい》するための時間は、まだ十分にあった。

母親に頼み込んで塾に通い始め、久しぶりに本気になって勉強し、何とかギリギリで合格ラインに滑《すべ》り込む。我ながら信じられないくらいの追い込みだったと思う。

あれほどまでの努力を自分が払えたことにも驚いたが、何より、その動機が好きな人と同じ高校に進みたいなんてものだったことに、自分自身で呆《あき》れることになった。

人生を狂わせた諸悪の根源が、同じ高校に入学すること。それは、芹愛にとってこれ以上ないくらいの災厄《さいやく》かもしれない。そんなことにも薄々気付きながら、それでも、俺は自らの欲望を優先した未来を選択してしまっていた。

結局、何処《どこ》までも、そういう利己的な男だということなのだろう。

食卓に残した朝食を放置したまま、小言を述べる母親を無視して家を出た。

陸上部には朝練がある。この時刻の登校で芹愛と鉢合わせになることはない。そう頭では分かっているのに、いつだって芹愛の後ろ姿を探してしまう。会えるはずもない彼女の幻を求めながら、駅までの道を緩慢《かんまん》にゆくのが、毎朝の日課となっていた。

中学生になり、走高跳を本格的に始めると、芹愛は腰の辺りまで伸びていた漆黒の髪を、バッサリと切り落としてしまった。

白鷹高校の制服を纏《まと》う、背の高い少女。

その日の朝、駅に入ると、一番線のホームに電車を待つ彼女の輪郭《りんかく》があった。

募《つの》る想いが、とうとう幻覚を作り出すことに成功したのだろうか。芹愛の後ろ姿を見つけた時、最初に考えたのはそんなことだった。

ホームに電車が到着し、芹愛が乗り込むのを確認した後で、隣の車両に足を踏み入れる。

体調不良で朝練を休んだのか。それとも、何らかの事情で今日は陸上部の練習が中止だったのか。確かめる術もないけれど、予期せず芹愛と朝から会えたことに心が跳ねる。

そして、同時に、胸には大きな安堵《あんど》が去来していた。芹愛が死んだという母親の話は、やはり夢だったのだ。

見つめていることを悟られないよう、隣の車両から遠目に彼女を眺《なが》める。ただそれだけのことで、こんなにも幸せな気持ちになれる自分が不思議だった。

芹愛とは高校一年生の時も別のクラスだったし、二年生になってからもそうだった。女子は文系に進む確率が高いと考え、芹愛と同じクラスになれるように科目を選択したのに、蓋を開けてみれば彼女は理系に進んでおり、今は校舎さえ別々である。十二年間も同じ学校に通うことになるのに、小学五年生と六年生の時に同じクラスになっただけで、それ以降は一度も同級生になれていない。

結局、俺たちはそういう重ならないレールの上をゆく定めなのだろう。


高校の最寄り駅である白新《はくしん》駅に到着し、芹愛が電車から降りるのを確認してから、自らもホームに降りる。

朝から俺の顔なんて見たくないはずだ。間に何人かの生徒を挟みつつ、校舎への道をゆくことにした。

ピンと背筋を伸ばし、凜《りん》とした足取りで、芹愛は街路樹の立ち並ぶ緑道を歩いていく。

彼女は今日も一人きりだった。

同じ中学から白鷹高校に進学した生徒は、わずかに四人だけである。

俺たちを除いた二人は別の小学校出身であり、中学時代に接点もない。

捏造《ねつぞう》された芹愛の悪行を知っている者は、この高校にいないだろう。

彼女の陸上成績は全国に名を轟《とどろ》かせるレベルである。実力を根拠に尊敬を勝ち得ることだって出来ただろうし、誰の目も気にせずに友達だって作れたはずなのに、芹愛は高校でも一人きりだった。

何故《なぜ》、そんなことを知っているのかと問われれば、それは、俺が高校でも後ろ指を指されるような気持ちの悪い生態を晒《さら》しているからだ。

俺は毎日のように、放課後、遠くから芹愛の姿を眺めている。

彼女を見つめることだけが、日々を生きる活力だった。

こんな状態で、あの日の罪を赦して欲しいだなんて、よくも願えたものだとも思う。

自分自身に対する失望は飽和状態を迎えているが、今はただ、ひたすらに、世界に多くを望まない彼女が痛ましい。

2

織原芹愛は五年前のあの事件から、ずっと一人ぼっちだ。

きっと、今日も、明日も、彼女は学校で一人きりなのだ。

今から一年と五ヵ月前、俺と芹愛《せりあ》はこの白鷹高校に入学した。

自分のことを知らない人間だけに囲まれる空間は新鮮だった。俺が友達なんて一人もいない、寂《さび》しくてつまらない奴だと知る人間ももういない。

新しく始まった、レッテルから解放された日々は、何処までも自由なものだった。

良くも悪くも皆が自立しているからだろう。不快な干渉がない代わりに、自分から求めない限り、地味で空疎な日々は何処までも続いていくように思えた。

しかし、誰と交わることもなく過ごした一週間の後に、思わぬ出会いが訪れる。


その日も放課後になると、俺は即座に南棟へと移動した。

町を一望出来る高台に建つ白鷹高校には、ランドマークたる時計塔が存在している。

時計塔はグラウンドに面した南棟の中央部を貫《つらぬ》くように作られており、基部に入るための扉は三階と四階にあるらしい。巨大な時計を動かす内部構造には興味を引かれるが、普段は施錠《せじょう》されているせいで見ることが叶わない。

南棟には特別教室しか存在しないため、放課後はほとんど生徒の影がない。誰の目を気にすることもなく四階の窓に近付き、カーテン越しにグラウンドを見下ろす。

遠く、視線の先で、陸上部が練習を行っていた。

漆黒の髪を後ろで一つに結び、高く、強く、しなやかに、弧になって芹愛が跳躍する。

孤独と隣り合わせで生きてきた中学時代の三年間、放課後の彼女は、ただひたすらにジャンプを繰り返してきた。そんなサイクルは高校生になっても変わらないのだろう。

斜陽を受けながら宙に舞い上がる芹愛の姿を、この目に焼きつけていく。あと何度、彼女が飛翔《ひしょう》出来るか分からないけれど、叶うならばそのすべてを見届けたかった。

こんな風に芹愛を見つめ続けるだけの毎日に、何か意味があるとは思えない。気持ちの悪い男だという自覚もある。それでも、俺はこの習慣を止められずにいた。

そして、その日、均整を保《たも》ち続けていた日常に、不意に終わりが訪れる。


「君は織原芹愛《おりはらせりあ》ばかり見つめているね」


南棟の四階には誰も訪れない。そう決めつけていたからだろう。

突如《とつじょ》、背後から届いた声に、酷《ひど》く驚かされることになった。

振り返った先にいたのは、俺よりも少しだけ背の高い男子だった。

首からカメラを下げた彼は、窓辺に立って階下を見下ろす。

「知ってる？　もうクラスに友達がいないのは、俺と君だけなんだぜ」

卑屈とも皮肉とも取れる口調で呟《つぶや》いた彼の正体に、ようやく思い当たる。

「ああ、同じクラスの……名前は……」

「俺のことなんか覚えてないだろうなって思ってたけど、案《あん》の定《じょう》か。初日の自己紹介、ほとんど興味なさそうだったもんな。俺は山城《やましろ》中出身の海堂一騎《かいどうかずき》」

「聞いたことがあるような気がする」

「君、面白いな。そりゃ、あるだろ。同じクラスなんだから」

気分を害すでもなく、彼は笑って見せる。

「何か用?」

「俺、写真部に入ったんだけど、今年、新入部員が一人しかいなくてさ。今後の活動が不安なんだよね。それで、ちょっと相談してみようかなって思って」

「つまり勧誘か?」

「このカメラと望遠レンズ、高校生が簡単に買えるようなレベルの物じゃないんだよ」

海堂一騎は首から下げていたカメラを掲げて見せた。説明されるまでもなく、そのくらいのことは俺にも分かる。

離婚を経《へ》て家を出ていった父親には、写真を撮る趣味があった。自宅には高価な機材が揃《そろ》っていたし、父が出て行く際にねだり、一台の一眼レフカメラをウォルサムアンティークの懐中時計《かいちゅう》と共に譲り受けてもいる。

懐中時計の方は、五年前の地震に遭遇した日に、失《な》くしてしまったけれど……。

「卒業アルバムに使えそうな写真を、行事や節目に撮ること。それを条件に、写真部には何台かカメラと望遠レンズが支給されているんだ。ものは試しって言うだろ。こいつを覗《のぞ》いて見てくれよ」

立派な望遠レンズをつけたカメラが手渡される。受け取ったカメラは、デジタル一眼レフカメラだった。部活に入るつもりなんて微塵《みじん》もなかったが、高性能なカメラには興味がないわけじゃない。

望遠レンズを調節すると、遠くの被写体が驚くほどにはっきりと画面に映った。肉眼よりもずっと精彩に確認出来る。

「三百㎜の望遠レンズ、凄《すご》い能力だろ？　双眼鏡とまでは言わないけど、直接、目で見るよりもはっきりと確認出来るんだ。いや、確認出来るだけじゃない。永遠に刻みつけておきたい瞬間を、文字通り、切り取ることだって出来る」

気障《きざ》なことを言う奴だと思った。

「気に障《さわ》ることを言ってしまうかもしれないから、先に謝ってから話すよ」

片手を立て、謝罪のポーズを見せてから、彼は話し出す。

「君、毎日あの子のことを放課後に見てるよな。彼女のことが好きなんだろ？　だけど、声をかける勇気はない。だから、こうやって見つからないように遠くから眺めている。写真部への入部は、君にとっても悪い話じゃないと思うんだよ。望遠レンズの能力の高さは、今、見せた通りだ。写真部には学校内の活動を卒業アルバムのために撮るという大義名分もある。陸上部の写真をどれだけ撮ろうが、非難される謂《いわ》れもない。適切なオブラートの包み方が思いつかないから、下品な言い方になってしまうけど、ストーカーも捗《はかど》ると思うんだよね」

不覚にも、悪くない案だと思ってしまった。

彼女を見つめ続けるだけの高校生活より、その断片を切り取りながら過ごす方が、よっぽど有意義に思えてしまう。

このどうしようもない人生は、どうせ修復のしようがない。

芹愛の姿を望遠レンズで撮っていく。そんな毎日が酷く魅力的に思えてしまった。

一騎にまんまと乗せられたと言えば、少しは言い訳になるだろうか。

結局、俺は誘われるまま写真部に入部し、校舎の南棟や屋上から、時にはグラウンドから、芹愛の日々を切り取っていくことになった。

そして、そんな気持ち悪い俺のことを、一騎は軽蔑したりしなかった。自分にも憧れている先輩がいて、その先輩を撮りたかったから写真部に入ったんだなんて嘯《うそぶ》きながら、彼は偏執的な恋心を理解しようとしてくれた。

高校に入学しても、自分に友達なんて出来るはずがないと思っていた。しかし、凝《こ》り固まった観念を嘲笑《あざわら》うように、一騎は不純でありながらも誠実な友となってくれた。

一騎は人生で初めて出来た本当の友達だった。

慰《なぐさ》めるでも、嘲《あざけ》るでもなく、ありのままの姿を知った上で隣にいてくれる。そういう人間だった。どうでも良い話でふざけてみたり、下らない失敗を笑い合ったり、平凡で、低俗で、しかし、色彩には満ちた歳月を俺たちは過ごしていく。

そんな風な関係性が心地よかったからだろう。文理選択にも、理社の科目選択にもこだわりのなかった一騎は、進級時に俺と選択科目を合わせて文系へと進み、二年生になってもクラスメイトになることになった。

狭隘《きょうあい》な俺には、ほかに友達なんて出来なかったし、写真部には後輩が入って来なかったから、交友関係が広がることもなかった。

それでも、いつしか俺は、この平凡な毎日に痛みを感じないようになっていた。

叶うはずのない芹愛への想いは、今でも自意識を嚙《か》んでいる。それでも、中学までの生活と比べれば随分とマシだった。こんな俺が学校に通うことに苦痛を感じていないのだから、状況は改善を通り越して革命的とすら言えるかもしれない。

集団の中で孤独を感じずに済むようになったのは、一騎と友達になったからだった。

芹愛が死ぬという悪夢を見た九月十日、木曜日。

その日、珍しく一騎が学校を休んでいた。

昨年度もインフルエンザでの欠席はあったけれど、二年生になってからは初めてだ。

夏風邪でも引いたのだろうか。


翌日の金曜日も一騎は学校を休んでいた。

二日続けての欠席である。気になってメールを送ってみたが、サーバーに弾《はじ》かれてメールが返ってきてしまった。設定したアドレスが気に入らないみたいな話を前にしていたし、休んでいる内に変えたのだろうか。

メールアドレスの変更を教えてくれなかったから、大事な連絡が出来なかった。小さな嘘で驚かせてやろう。そんな下らないことを考えながら登校した月曜日、またしても一騎の姿が教室になかった。

土日を含めれば、これで五日目である。ただの体調不良にしては長過ぎる。さすがに心配になり、お昼休みに電話をかけてみたものの、聞こえてきたのは『お掛けになった電話番号は現在使われておりません』という無機質なアナウンスだった。

これは携帯電話を解約したということだろうか？　しかし、何故？

一騎には俺以外の友達がいない。彼の座席はもう何日も空席のままだが、そんな空間に寂しさを感じている人間も、不安を感じている人間も俺以外にはいない。

再び一夜が明けた火曜日。

今日も一騎が休みだったらどうしよう。朝からそんなことばかりを考えていた。居《い》た堪《たま》れなさに苛《さいな》まれながら、再び孤独に過ごすことになるのだろうか。待ち受ける一日を想像すらしたくなくて、登校のための足が鈍《にぶ》ってしまう。

白新駅で電車から降りると、意識もせぬままホームのベンチに腰を下ろしてしまった。気だるい姿勢で、何十人の生徒を見送っただろう。

人の流れが途絶え、電光掲示板を確認すると、時刻は午前九時十分を指していた。既に完全な遅刻だが、そんなことはどうでも良い問題だった。

元より品行方正な生徒ではない。俺なんかのことを気にかける人間も一騎しかいない。その一騎がいないのであれば、あんな場所に俺の居場所はない。

どれくらいの時間を、ホームで益体《やくたい》もなく過ごしただろう。

「ねえ。君、白鷹高校の生徒だよね」

不意に肩を後ろから叩《たた》かれた。

平日の午前中に、制服姿でホームの椅子《いす》に一時間以上も座り続けていたのだ。駅員か何かに声を掛けられたのだと思い、一瞬で身体《からだ》が強張《こわば》ってしまう。

しかし、予想に反し、振り返った先にいたのは白鷹高校の制服を着た女子生徒だった。

彼女の後ろに私服姿の大学生らしき男が、何故かサッカーボールを抱えて立っている。

「ちょっと頼みがあるんだけど良い？」

笑顔で告げてきた少女の顔には見覚えがあった。少し鼻にかかった声にも聞き覚えがある。だが、何処で会った人物なのか思い出せない。

ごく平均的な背丈《せたけ》の少女である。それなりに整った顔な気もするけれど、一度会っただけで忘れられなくなるほどに美人というわけでもない。

「……誰ですか？」

不審を隠せずに尋《たず》ねると、

「あれ。私のこと知らないの？　ちゃんと学校来てる？」

あっけらかんとした口調で問い返された。それから、彼女は自らの顔を指差す。

「校長だよ。代理校長」

「ああ。あの時の……」

ようやく思い出す。顔にも声にも覚えがあるはずだ。

彼女は夏休み前に、学校でとある奇行を起こした人物だった。

七月二十三日、木曜日。

年間を通じても、一、二を争うほどに意味を感じられない行事、終業式が行われた。

小学生ならいざ知らず、壇上から届けられるただ長いだけの訓示に、真剣に耳を傾ける生徒など果たして一人でも存在するのだろうか。そもそも終業式などというものは、区切りに区切りをつけるために行われる、手段と目的が迷走した催しだ。

この手の行事では、必ず校長による無駄に長い話を聞かされることになるわけだが、興味を引かれるような話も、本質的な中身を伴う意味のある話も、一度として聞いたことがない。ああいった場で、生徒にとって本当に価値がある話が出来る校長なんて、きっとこの世界には存在しないのだ。逆説的に言えば、そういった能力がある人間というのは、校長などという職には就《つ》かないということなのかもしれない。

その日も同様だった。校長の話になんて微塵も期待していなかったし、耳を傾ける気すらなかった。体育館に集まっていたのは、そんな生徒がほとんどだろう。恐らくは教師も同様だったはずだ。

終業式の進行役を務めていた教師が、校長が壇上に上がることを告げる。

また、無駄に長いだけの訓示を聞かされることになるのだ。考えるだけでうんざりだったが、その後、目の前で展開された光景は、誰にも予期出来ないものだった。

全員が見つめるステージに一人の女子生徒が上がり、そのまま演台の上に立つ。

それが、あまりにも自然な動きだったせいだろう。誰一人として少女を制する者がいなかった。

『あー。マイクテスト、マイクテスト』

鼻にかかった彼女の声が、ハウリングしつつ体育館に広がる。

前方では教師たちが戸惑《とまど》いの顔を浮かべていたものの、彼らが動くよりも女子生徒が口を開く方が早かった。

『さっき校長先生が廊下でぶっ倒れました。意識はあったので、とりあえず近くのソファーに寝かせときましたけど、救急車を呼んだ方が良いと思いますよ』

そんなことを告げてから彼女は演台を降りたが、何かを思い出したかのようにもう一度、演台の上に戻る。

『忘れてた。倒れた校長先生に一つ、伝言を頼まれたんでした。今年の白稜祭を中止にするそうです。それを今日、発表するつもりだったみたいですよ』

突然の発表に、体育館中をざわめきが走る。

伝統ある学園祭、白稜祭は、白鷹高校で最大の行事である。

前夜祭に夜行祭、約二日半をかけて盛り上がる白稜祭に憧れて、うちの高校に進学する生徒もいるくらいなのだ。突然の発表に動揺を見せる生徒は少なくなかった。

『じゃあ、校長からのメッセージは伝えたので、ばいばーい』

ステージから降りた彼女を教師が取り囲み、すぐに何人かが廊下に走り出す。倒れたという校長の様子を確認に行ったのだろう。

終業式は騒然とした雰囲気を引きずりつつ、そのままピリオドを迎えることになった。

あの日の話には少しだけ続きがある。

夏休みが明けると、初日にクラス担任から発表がなされた。

終業式に向かおうとした校長が廊下で倒れたこと、それは事実の通りだったが、白稜祭が中止になるという話は虚構だったのだ。学園祭を中止にするなんて話は、議題に持ち上がったことすらなかったらしい。

意識を朦朧《もうろう》とさせた校長の言葉を、彼女が勘違いしたのか。どさくさに紛《まぎ》れて有りもしない話を創作したのか。真実は彼女一人にしか分からないものの、白稜祭中止発言で学校中の教師と生徒を振りまわした彼女は、一躍、有名人になった。

「で、私の頼みなんだけどね」

あんな奇行を起こす少女が、まともな人間であるはずがない。

「いや、ちょっと急いでいるので」

関わり合いにならない方が身のためだろう。即座に判断を下し、改札口へ向かおうとしたところで、強く手首を摑《つか》まれた。

「嘘をついたら駄目だよ。ずっとここに座ってたじゃない。て言うか、君、何年生？」

「二年だけど」

「何だ、一緒じゃん。同輩の頼みなんだから聞いてよ。私、そろそろ今年の出席日数がやばいの。でもさ、こんなに天気が良い日に勉強するなんて、逆に馬鹿みたいじゃん」

どの辺りが逆なのか、逆に説明を求めたい。

「勉強なんて雨の日だけ、やってりゃ良いのよ。そんなわけで今日は彼氏とデートをすることにしたの」

「……彼氏は学生じゃないのか？」

「俺は大学院生だよ。まあ、出欠を取らない講義なんて出ないだろ。常識的に考えて」

「素晴らしい。学生の鑑《かがみ》だ。卒業することは目的ではない。そこで何を学んだかが肝要なのだ。存分に留年するが良い」

俺はクズであることを自覚しているが、目の前の二人組も別種のクズのようだった。

「私はデートがしたい。しかし、出席日数もやばい。そこで考えたわけ。妊婦を駅で助けた結果、学校には行けなくなったという方向で話を調整しようってね」

彼女の合図を受け、彼氏がサッカーボールをシャツの中に入れる。

「携帯電話は持ってるよね？　階段の辺りでさ、私が妊婦を助けているって分かる感じで写真を撮ってくれたら良いから」

平日の午前中に学校にも行かず、俺は何をしているんだろう……。

サッカーボールを入れて膨《ふく》らんだ腹を抱える男と、彼に手を貸す少女のツーショットを撮った後、ようやく解放されることになる。

「私、五組だから担任は加藤《かとう》ね。英語課にいるはずだから、それを見せて鈴鹿雛美《すずかひなみ》が病院に付き添って行ったって説明しといて。じゃあ、よろしく」

自らの名を告げると、そのまま彼女は彼氏と腕を組んで改札に向かって歩き出す。本当にこんな言い訳を使って学校を休むつもりなのだろうか。

わけの分からない、いざこざに巻き込まれるのはごめんだ。そもそも彼女の出席日数が足りなくなったところで、俺には関係ない。英語教師の加藤に、わざわざこんな話を伝える気もない。二人の姿が改札の向こうに消えるのを確認してから、撮った写真を画像フォルダから削除した。

まったくもって意味不明な出来事だったが、お陰でこの数日間続いていた陰鬱《いんうつ》な気持ちが少しだけ晴れたような気もする。

これだけ欠席が続いているのだ。担任が一騎の状況を知らないはずがない。登校したら加藤ではなく担任に会いに行ってみよう。そう思った。

3

現在、俺が所属する二年八組の担任をしているのは、芹愛《せりあ》の継母、織原亜樹那《おりはらあきな》である。芹愛の父、織原泰輔《おりはらたいすけ》が五年前の冬に再婚した相手であり、もう十年以上、白鷹高校に勤務していると聞く。

向かいの家に住んでいるとはいえ、クラス担任になるまでは、会ってもせいぜい挨拶《あいさつ》を交わす程度の関係性でしかなかった。それでも、どうしたって俺にとっては教師というより、お隣さんという感覚の方が強い。昔からの癖《くせ》で、今でも『亜樹那さん』と呼んでいた。

一騎《かずき》のことを聞くため、お昼休みに教務室を訪ねると、質問を切り出すより早く、増えていた遅刻について責められる。適当に流しながら向き合う担任は、当たり前だが芹愛とは似ても似つかない。

浴びせられる小言が終わった後で、ようやく本題に入ることになった。

世界が何処かおかしい。

そんなことに気付き始めたのは、この時からだっただろうか。


担任との会話が、まったく噛み合わなかった。

一騎が木曜日から欠席している理由を尋ねると、返ってきた答えは『彼は一日も休んでいない』というものだった。意味が分からない。そんなことあるはずがない。

俺にしつこく促《うなが》され、亜樹那さんは出席簿を確認したが、回答は変わらなかった。出欠は授業ごとに教科担任が欠席者にチェックを入れる形で記録に残される。一人が見落としたならともかく、出席簿に記録されていないということは、誰も一騎を欠席扱いしていないということだ。

狐《きつね》につままれたような気分とは、きっとこういうことを言うのだろう。

一騎の席は廊下側の最後尾である。今日もそこは空席だった。目立つような席ではないものの、四日も続けてすべての教科担任が見逃したなんて考えられない。

俺のあずかり知らないところで何かが起きている。そんな予感がした。


意識することで可視化する世界というものがあるのだろう。

午後の授業が始まり、この数日間に覚えた違和感を再び経験することになった。ろくに集中も出来ずに耳を傾けていた授業内容に、妙な既視感があったのだ。

最初は教師が授業進度を他クラスのものと勘違いしているのだと思った。次に考えたのは、重要な単元だから復習をしているのだろうということだった。しかし、ここ数日はずっと、そんな授業ばかりが続いている。しかも教科が変わっても同様だ。

そして、とうとう勘違いなんて言葉では説明出来ない事象が発生することになった。

六限に行われた生物の授業中、教科書内容から脱線し、教師が得意気な顔で雑談を始める。大学時代にアルバイトで経験した失敗談。恐らくはとっておきの話だったのだろう。外連味《けれんみ》たっぷりに披露されたエピソードだったが、残念ながらその話は既に聞いたことがあった。彼は以前にもうちのクラスで同じ話を披露していたのだ。

オチまで話したところで生徒の反応の鈍さを見てとり、彼は自らの失敗に気付くことになる。そう思っていたのに、話の終わりに俺が見た光景は、予想と百八十度異なるものだった。

教室が笑いの渦《うず》に巻き込まれ、生徒たちが嬉々《きき》として質問を浴びせていく。授業は本筋へと戻ることなく、そのまま最後まで雑談に終始して、鐘の音を聞くことになった。

授業の進度など知ったことではない。雑談で授業が潰れようと非難するつもりもない。

しかし、問題は今見た光景を、以前に一度、俺が体験していることだ。

これがいわゆる一つの『デジャヴ』という奴なのだろうか。

デジャヴは日本語に訳せば『既視感』となる。

調べてみると、デジャヴとというのは、超能力を研究していたフランスの学者、エミール・ブワラックなる人物が提唱した言葉らしい。発端を辿《たど》ってみれば、うさんくさいことこの上ない概念である。超心理学を信奉する人間の中には、デジャヴを『予知夢』と関連付ける人間もいるというが、完全に眉唾《まゆつば》ものの話だ。

オーストリアの精神分析学者、ジークムント・フロイトが語った『既に見た夢』、『無自覚に見た夢』という説明の方が、まだ納得出来そうだった。

だが、いずれにせよ、俺が体験談のオチを知っていたことの説明にはならない。

教師が同じ話を繰り返していると気付いた上で、全員が授業を潰すために、初めて聞いた振りをして場を盛り上げたのだろうか。夢や予知夢に説明を求めるより、論理的に納得出来るものの、高校生にもなってそんな子どもじみた授業妨害をするだろうかという疑問は残る。しかも、示し合わせたわけでもないのに、教室中が一体となって……。


翌日も一騎は登校して来なかった。

携帯電話も繋《つな》がらないままだ。いや、繋がらないという言い方は正確ではないだろう。アナウンスから察するに、彼の番号は契約が解除されているのだ。

何らかの事情で一騎は学校を辞めてしまった。そう考えれば、誰も彼の不在を気に留めないことにも説明がつく。しかし、いつの間に辞めたのかという疑問は残る。

一騎が学校に来なくなったのは、九月十日の木曜日からだ。その前日までは確かに登校していたし、亜樹那さんも『彼は休んでいない』と言っていた。退学したのであれば、そう言ってくれるはずだ。

何が起きているのか、まったく分からなかった。


九月十七日、木曜日。

一騎の不登校が始まってから一週間が経ったその日。

再び、放課後の教務室に出向くことにした。

前回は、なあなあのままに引き下がったが、今度こそ明確な説明を求めるのだ。生徒には話せない類の事情だってあるかもしれない。それでも、俺は一騎の友人だ。何かトラブルがあったのなら、力になりたいとも思っている。

亜樹那さんは所用で席を外していたらしく、応接スペースに案内され、そこで彼女が教務室に帰って来るのを待つことになった。

応接スペースにはソファーが四つ、それぞれ対になって置かれており、二つの空間を仕切るように、簡易的な仕切りが立てられていた。

仕切りのせいで顔は見えないものの、隣のスペースの会話は筒抜けだ。

隣の応接スペースでは、何だかよく分からない論戦が行われていた。

「三回目の留年はやめてくれ」

「今年こそは卒業して欲しい」

悲痛の声を上げる教師たちに対し、男子生徒が楽観的な口調で反論を述べている。

何年も留年している三年生がいるという噂は、俺も聞いたことがあった。今、隣にいるのがその噂の先輩なのだろうか。話を聞く限り、二回留年しているようだった。

二十歳《ハタチ》にもなって高校生の制服を着ているなんて、さすがに恥ずかしい話だと思うのだが、男子生徒は教師の懇願をはぐらかし続けている。

去年まで二年連続で、白鷹高校からは一流国立大学の医学部医学科に合格者が二人ずつ出ている。有名校への合格実績は優秀な生徒を集める肝《きも》なため、屋上からの垂れ幕によって、その事実は対外的にも誇示されていた。

しかし、どうやらあの垂れ幕は、大人の汚さによる修飾がなされていたらしい。どちらの年も合格したのは、共に隣で喋《しゃべ》っている先輩一人であり、さらに前期、後期で異なる大学に合格したことを、のべカウントしていたのだ。

「今年も合格実績に貢献しますから、放っておいて下さい」

「しかし、さすがにこれ以上、留年者を現役生徒の実績としてカウントするのは問題があってだね。君の将来を考えても……」

「僕の将来は僕が決めます。アドバイスも忠告も必要ありません」

もう一年、留年するつもり満々に聞こえる……。

現代における高等遊民の新しい形でも模索しているのだろうか。


担任である亜樹那さんが戻って来たのは、隣で論戦を繰り広げる先輩が、草薙千歳《くさなぎちとせ》という女みたいな名前をしているのだと知った後のことだった。

「待たせて、ごめんね。芹愛が怪我《けが》をしたって聞いて」

一騎に向いていた気持ちが一瞬で覆《くつがえ》るような情報が鼓膜《こまく》に届く。

「怪我って何が……」

「新しい跳び方を試していて、着地に失敗したみたい。足首を捻《ひね》ったんだって。陸上部の生徒が血相を変えて連絡に来たから、慌《あわ》ててグラウンドに向かったのに、自分一人で病院に行ける程度の怪我みたい。まったく人騒がせなんだから」

「じゃあ、別に大怪我ってことではないんですね？」

「捻挫《ねんざ》って癖になるのよ。芹愛、右の足首を何度かやってるのよね。もうすぐ大きな大会があるから、わざわざ私にも報告に来たんだと思う。車で病院に連れてってやるくらいしか出来ることはないんだけどね」

動揺を悟られないよう、平静を装いながら胸を撫《な》で下ろす。それと同時に、自分の中に根付く芹愛への想いが、今でもあまりにも深いものであることを思い知る。

俺は少し前に芹愛が死ぬという夢を見た。あれが正夢だったらどうしよう。そんなことを考えて寝つけなくなる程度には、頭の中は芹愛のことで占められている。

子どもの頃に母親から聞いた話が本当ならば、再婚当初、芹愛は亜樹那さんに対して、壁のある態度を取っていたという。

とはいえ二人が親子になってもう五年が経つ。目の前に座す亜樹那さんは、芹愛の怪我を本気で心配していたように見えた。時間の経過と共に、芹愛の中にも家族の絆《きずな》みたいな感情は芽生《めば》えていたりするのだろうか。

「それで、私に話って何？　進路相談？」

亜樹那さんに促され、本題に入ったものの、懸念していた通り、会話は平行線を辿っていく。何度説明しても彼女は一騎が学校に来ていると言い張るのだ。

しかし、こちらも今度は引き下がれない。

徹底抗戦の構えで話を続けていると、事態は思わぬ方向から進展を見せることになった。よくよく確認を続けていくと、俺が意図していた人物と、先生が意図していた人物が異なっていたのだ。二年八組には渡辺《わたなべ》和樹《かずき》という男がおり、亜樹那さんは火曜日も、今日も、ずっと彼について話していたらしい。

両者の間にあった誤解が解《と》け、話が正しいレールの上へと戻る。これで、ようやく一騎が欠席している理由を確認することが出来るだろう。そう思ったのに、すぐさまさらなる困惑の渦中へと引きずり込まれることになった。

二年八組の出席簿が目の前に提示され、それが告げられる。

「……海堂一騎《かいどうかずき》なんて生徒、うちのクラスにいないけど」

4

亜樹那《あきな》さんは頭がおかしくなってしまったのだろうか。

最初に思ったのはそんなことだった。しかし、出席簿には確かに海堂一騎《かいどうかずき》の名前がない。当然ながら退学したなどということもなく、彼女は最初からうちのクラスにそんな生徒はいないと言い張る。

意味が分からない。一週間前、非現実的とも思えるほどに長い夢から目覚めたことがあったけれど、実はまだ夢の中にいるのだろうか。

廊下側、最後尾に一騎の席があるじゃないかと反論してみても、一学期からずっと空席だと返されてしまう。教師が俺を謀《たばか》る理由はない。亜樹那さんは本気でそう言っているように見えたが、空席なんて普通、教室にあるものだろうか。

一騎以外のクラスメイトとは、特別な用事でもない限り喋ることはない。

翌日、意を決して一騎の隣の席に座る女子に話しかけてみた。しかし、彼女もまた一騎のことを認識してはいなかった。

わけの分からない話題で、突然、話しかけてきた男子。そういう想いを抱いたのだろう。彼女が俺に対して向けてきた視線は、明らかに不審の感情を含むものだった。

担任もクラスメイトも、誰一人として一騎のことを覚えていない。

頭がおかしくなってしまったのは、俺の方なのだろうか。

海堂一騎という存在は、孤独に耐えかねて、俺が脳内に作り出した都合の良い幻なんだろうか。昔、そんな病気を題材にした映画を観た記憶がある。幻覚を自覚せずに見てしまう病《やまい》、あの主人公が患《わずら》っていた病名は何だっただろう。

……いや、違う。俺は病気なんかじゃない。

一騎は約一年半という時を共に過ごしてきた友人だ。幻だなんてことは有り得ない。彼が幻覚なのだとしたら、俺が写真部に所属している理由を説明出来ない。

冷静になればなるほど、狂ってしまったのは自分ではなく世界の方だと思えてしまう。だが、自らの正当性をいかに確信したところで、俺にはそれを主張出来る相手さえいない。そして、どうにもならない葛藤《かっとう》を抱えながら迎えたその日の放課後。

予期せぬ角度から、世界は動き始めることになる。


写真部には今年度、新入部員が入らなかった。受験生となった三年生は、夏休みを前に全員が退部している。一騎が消えてしまったということは、現役部員が俺一人になったということだ。

写真部の部室は、北校舎の奥、文化棟の二階にある。

放課後、部室に出向くと、見たことのない顔が、左手に食べかけのチョコレートを握って、ソファーに座っていた。

卒業アルバム用の写真を撮ることを条件に、写真部には高価な機材が与えられている。その絡みで時折、来訪者があるため、今日もそんな用件かと思ったのだが、目の前の人物は昨日、教務室の応接スペースで教師と口論していた先輩だった。

草薙《くさなぎ》千歳《ちとせ》といっただろうか。確か二回も留年している変わり者の三年生である。

名は体を表すと言うけれど、色白で髪が長い千歳先輩は、中性的な容姿をしていた。長身ではあるものの、その華奢《きゃしゃ》な体軀《たいく》は転んだだけで折れてしまいそうである。

「君が写真部二年、杵城綜士《きじょうそうし》だね。早速だが聞きたいことがある」

ソファーから身体を浮かせ、自己紹介もせずに先輩は告げる。

「君の友人は一週間前に世界から消えた。僕の理解は間違っているか?」

「……突然、何を言っているんですか」

「昨日、教務室で話していたのは君だろう? 君の認識する海堂一騎という男が、ある日を境に教室から消えてしまった。そういう話をしていたはずだ」

「……だったら何だって言うんですか?」

不機嫌そうに告げた俺の顔を見て、先輩の顔が華やぐ。

「やはり君は冗談で言っていたわけじゃないんだな。やったぞ。ついに見つけた」

戸惑う俺に対し、先輩は早口で続ける。

「君は海堂一騎なる人物が二年八組に在籍していると主張し、担任はそんな生徒はいないと真っ向から否定をしていた。僕にとっては、その認識の齟齬《そご》が重要だったんだ。ずっと君のような存在を探していた」

先輩が何を話し始めたのか、まったく分からなかった。

二年連続で有名国立大学の医学部に合格出来るほどの頭脳を持っているくせに、二回も留年するような人だ。奇人であることは十分に察せられるものの、いざ対面してみても、やはり異常な印象しか受けない。

「君は消えた友人について、クラスメイトにも確認を取ったはずだ。しかし、誰一人として彼のことを認識していた人間はいなかったんじゃないのか？　だから、あんなにも切迫した感情で担任に確認していた」

順番は逆だが、先輩の推測は間違いではなかった。

「君の友人が消失したというこの一件に、僕は興味がある。協力させて欲しいんだ。君は現在、何をして良いか分からず、途方に暮れているはずだ。違うか？」

「違いませんけど……」

「僕は理解者になれると思うんだ。君がどんなにおかしなことを言っても、僕は決して笑わない。理解しようと努めてみせる」

「あなたは一体、何なんですか？　俺がどんな奴かも知らないのに、どうしてそんなことが言えるんですか？」

「確かに僕は君が写真部であるという事実しか入手していない。ああ、しかし、考えてみれば、君もこちらを知らないのか。僕は草薙千歳、二十歳の高校三年生だ」

「知っています。三年生には何度も留年している変わり者がいるって、授業中に愚痴を聞いたことがありますから」

「なるほど。確かにそれは僕のことだね。互いへの認識は、コミュニケーションを行う上での最初の一歩だ。僕のことは千歳と呼んでくれて構わない。綜士というのも響きの良い名前だ。僕も名前で呼ばせてもらおう。よろしく。綜士」

先輩が右手を差し出してくる。

「何故、僕が君に興味を持ったのか。何故、僕が君の荒唐《こうとう》無稽《むけい》な話を信じているのか。それらについても、きちんと説明したいと思っている」

動けない俺の手を取ると、無理やり握手をしてから、先輩はきびすを返す。

「それじゃあ、ついて来てくれ。君を『時計部』に案内しよう」

5

何処から突っ込みを入れれば良いかも分からないまま、草薙《くさなぎ》千歳《ちとせ》に案内されたのは南棟の三階だった。時計塔と連結するロビーの隣に、時計部なる不可思議な部の部室はあった。

俺が知らなかっただけで、一般生徒にも認知されている部活なのだろうか。

部員の数を尋ねると、時計部は四年前に千歳先輩が作った部で、今日に至るまで部員は一人だけだという回答が返ってきた。つまり、先輩は入学以来、ずっとこの部屋を個室として使ってきたということなのだろう。

扉の先に広がっていたのは、ある種、異様な空間だった。

縦に長い部室は、西洋風のアンティーク家具で統一されている。

頭上には幾つもの瀟洒《しょうしゃ》なランプが飾られ、ゴシックテイストの猫脚ソファー、羽根ペンの置かれた木製机、ガラスキャビネットと、独自のセンスが前面に押し出されていた。

机の上にはチョコレートの箱が山積みになっている。この量を一人で食べ切るつもりなのだろうか。

徹底して統一された空間は、校内の一室であることを忘れさせるほどに個性的だったけれど、さらなる特異点があった。白い壁を覆《おお》い尽《つ》くさんばかりの勢いで、大小様々なアナログ時計が掛けられていたのだ。しかも、どれ一つとして同じ物がない。

「……よくこんなに集めましたね。先輩は時計マニアなんですか?」

「率直に回答しよう。時計部という名に大した意味はない。時計を作っているわけでも、研究しているわけでもないんだ。ついでに言うなら、僕はコレクターでもない」

「じゃあ、どうしてこんなに沢山集めたんですか?」

千歳先輩はロッキングチェアに腰を掛けると、部屋をぐるりと見回す。

「綜士《そうし》。君はこの壁を覆う時計を見て、何か気付かないか?」

促され、掛け時計の一つ一つに目を移していくと……。

「……あれ、時間が微妙に狂っていませんか？」

「ご名答。今、この部屋には四十七の時計が掛けられているが、正確な時刻を示しているのは、このチェーンドライブの振り子時計だけだ」

先輩は壁の中央に掛けられた、一際目立つ掛け時計を羽根ペンで指し示す。

「この近くに配置されている時計ほど、示している時刻が未来に進んでいる。最大の誤差を示しているのは、このヨークステーションクロックで五十七分四十二秒。逆に最も誤差が少ないのは、端《はし》のカルメンクロックで二十七秒だ」

壁に掛けられた時計の時刻を見比べてみると、確かに少しずつ狂っている。しかし、その意図がまったく分からない。国別の時差を表現しているのかとも思ったが、秒単位で時差がある国なんて聞いたことがない。中央に近付くほどに時刻が進められているのも、完全に意味不明である。

「部室に案内したのは、僕が冗談を言うような人間ではないということを、理解してもらいたかったからだ。これから、僕は不思議な話を披露する。そして、君は必ず僕のことを頭のおかしな奴だと思うはずだ」

既にそう感じていたけれど口には出さなかった。

「早速だが問おう。綜士、君は五年前にこの街で起きた地震を記憶しているか？　五年前の八月八日、八津代祭《やつしろさい》の夜、午後八時過ぎに、この街は大地震に見舞われた。これは僕の主観になるが、三十秒以上続く、とても長い地震だったように思う」

五年前ということは、俺は小学六年生。すぐに思い出すことが出来た。

芹愛《せりあ》に泥棒の濡れ衣《ぎぬ》を着せようとして、逆にかばわれてしまったあの年の夏、八津代祭の夜は確か……。

打ち上げ花火の写真を横から撮るため、この高校に侵入し、俺はそこで地震に遭遇している。立っていられないレベルの大地震を経験したのは、あれが最初で最後だ。そして、恐らくはその前後で、父からもらった宝物の懐中時計を失くしている。

「覚えています。あんなに大きな地震を経験したのは初めてでしたから」

「ならば話は早いな。地震を観測し、マグニチュードや震度を発表するのは気象庁の仕事だ。しかし、あの夏に起きた地震は、気象庁により存在が認定されていない」

「……どういうことですか？」

「地震が認定されなかった理由は明快だ。気象庁は全国各地に設置した地震計によって災害を観測している。地震が認定されなかったというのは、つまり、あの日、この町にあったあらゆる地震計が記録を残さなかったということだ。八津代町だけじゃない。周辺地域でも一切の計測記録が残っていないはずだ」

「その時、機械が故障していたってことですか？」

「一ヵ所だけならともかく、周囲の地震計まで同時に故障するなど有り得ない。地震計が揺れを観測していない以上、あの日、この町では地震など起きていないというのが、正しい理解になる」

「それこそ有り得ないです。だって俺ははっきりと覚えてる」

「その通りだ。誰もがあの地震をはっきりと認識している。しかし、事実は地震を否定している。だから、僕はこう結論付けることになった。あの日、この町を襲ったのは、地震以外の別の何かだ」

地震以外の何かがこの町を襲った？ 意味が分からない。特撮映画のように怪獣でも襲ってきたというのだろうか。百歩譲って地層のずれが原因ではなかったのだとしても、地面が揺れたのであればそれは地震だろう。地震計に観測データは残るはずだ。

「あの日の地震について、僕は二つの疑念を持っていた。一つは立っていることが不可能なほどの大地震だったのに、物理的な被害が見られなかったことだ。書棚から本が落ちることも、棚の中で何かが傾くこともなかった」

言われてみれば、確かに同様の疑問を抱いたような気がする。あれだけ凄い揺れだったのに、教室の机や椅子が一切乱れていなかったからだ。

「……もう一つの疑問は何ですか？」

「時計だよ。あの地震の後、時計が狂っていたんだ。あの頃、僕は毎朝、腕時計を秒針までチェックしていた。ところが、あの地震の後で、腕時計が四十三分二十六秒ずれていることに気付いた。それだけじゃない。家にあった時計を調べたら、電波時計以外の時計が、一律で誤差を生じさせていた。異変が一台だけに生じていたのであれば疑問を抱くことはなかった。しかし、異変は複数の機器に起きており、なおかつ奇妙なルールがあった。そして、ルールが存在する以上、そこには何らかの物理的現象が生じているはずだ」

確かに奇妙な話ではあるけれど……。

「僕はすぐに近くに住む親族や知人を訪ねて回った。その聞きとり結果を具現化したのが、この壁の時計たちだ。僕は四十六ヵ所で時計の誤差を確認し、現象の外枠を把握するに至った。結論を述べるが、あの日、気象庁に観測されなかった地震が起きた瞬間、時間のずれがこの白鷹高校を中心として、同心円状に発生したんだ。僕が調べた地点の内、最もこの高校に近い場所で生じていた時間の誤差がこれだ」

唯一、正確な時刻を刻んでいるというチェーンドライブの振り子時計。千歳先輩はその時計の隣に掛けられたステーションクロックを指し示す。

「白鷹高校の付近では五十七分四十二秒のずれが生じていた。そして、離れれば離れるほどに誤差は少なくなっている。僕の自宅が四十三分二十六秒というずれを生じさせていたことから推測するに、この異変は八津代町の中で完結するものだろう。電波時計に異変が生じなかったのは、僕が気付くよりも早く、正しい時刻に修正されていたからだ」

「……じゃあ、あの地震は何だったって言うんですか？」

千歳先輩は立ち上がると、机の上に置かれていた羽根ペンを再び取る。

「あの日の現象は地震ではない。白鷹高校を中心に発生したのは、時間の歪《ゆが》みとも呼ぶべき波だ。そして、二つの疑問を統合し、僕は一つの結論に辿り着いた」

先輩は白い壁の前に立つと、空いたスペースに羽根ペンで『時震』と綴《つづ》る。

「あの日、起きたのは時震《じしん》だ。僕らが感じた揺れは、地面の振動じゃなかったんだ。だから物理的な痕跡が残らなかった。ここからはさらなる推測になるが、僕らが体感したのは恐らく時間の圧縮だ。僕はあの日の揺れを三十秒ほどと記憶している。その後、四十三分二十六秒のずれが生じたということは、あの短い時間に、圧縮された二千六百六秒の時間を体感していたということだろう」

そんなのSFだ。おとぎ話にしか聞こえない。

「五年前の八月八日の夜、この白鷹高校で何かが起きた。その結果、ここを中心に時震が発生した。僕はそう信じている。だが、これが大抵の人間にとって信じ難《がた》い絵空事《えそらごと》であることも理解している。当時もこの仮説を何人かに話したけれど、一様に変人扱いされただけだった。だから自分で確かめることにしたんだよ。震源地と思われる高校に入学して、時計部を作って、ずっとあの日の出来事について調べてきた」

「……長々と説明された後で悪いんですけど、やっぱり、俺も信じられないです。時震なんて言われても、どう反応して良いか分からない。失礼な言い方になりますけど、やっぱり、先輩は頭のおかしな人だって思います」

はっきりと告げたのに、千歳先輩は気分を害すこともなく笑顔を作った。

「疑問から入るのは当然のことだ。ただ、僕が本気でこの不可思議な現象に執着していることは理解出来ただろう？　時震はあくまでも仮説だが、この学校に何かがあることは間違いない。そう信じていたから留年してまでここに残っていたんだ。そして、ようやく見逃せない三つ目の不思議と出会うことが出来た。君の友人、海堂一騎《かいどうかずき》の消失だ」

……それで俺に声をかけてきたのか。

「五年前の時震によって、八津代町には存在するはずのない余分な時間が生まれている。もしも世界に復元力があるとしたら、生まれてしまった余分を帳消しにするために、誰かを消失させてしまうかもしれない。昨日の話を聞いていて、そう思ったんだ。綜士、君が友人の行方を求めているのだとしたら、僕は協力出来ると思う。誰が笑っても僕は笑わない。真摯《しんし》に耳を傾けよう」

この三つ年上の変わり者の先輩は、多分、包み隠しなく正直に話している。彼は本気で自らの仮説を信じているし、心の底から一騎の消失に関心を抱いている。

この意味が分からない孤独な状況の中で、先輩が差し伸べてくれた手は……。

「先輩はめちゃくちゃなことを言っていると思います。普通の人間なら、誰も信じてくれないですよ。でも、俺には……一つだけ、誤魔化しようのない心当たりがあります。先輩は五年前にここで何かが起きたって言いましたけど、俺、あの日の夜、地震があった時間に、白鷹高校にいたんです」

微笑を浮かべていた千歳先輩の表情が一瞬で険《けわ》しくなった。

「君は五年前、小学生だろう？　あんな時刻に何故……」

「夜祭りの打ち上げ花火を、横から写真に撮りたかったんです。町で一番高い建物が白鷹高校だから、一人で忍び込んでいて。あの地震をここで経験しています」

言い終わるよりも早く、千歳先輩に手を力強く握り締められた。この華奢な身体の何処から湧いてきたのだろうと不思議になるくらいの力強さだった。

「間違いない！　この不思議な現象が君の身に起きたのは偶然じゃない！　やっと見つけたぞ。追い続けてきた謎は、やっぱり幻なんかじゃなかった。綜士、僕にも協力させてくれ！　僕は時震の真実を知りたいんだ！」

「……でも、先輩はどうしてそこまで？」

「どうしてそこまで？　こんな不思議なことが目の前で起きたのに、その謎を追うのに特別な理由なんているのか？　しかも、この謎に気付いているのは僕らだけなんだ。情熱を傾けない理由がない。知らなかった振りをしながら生きていくなんて、僕には絶対に不可能だ！」

俺にはこの変わり者の先輩を理解出来そうになかったけれど、心強い味方が生まれたことだけは間違いなさそうだった。

先輩は裏表のない真っ直ぐな人だ。それ故《ゆえ》に、猜疑心《さいぎ》が服を着ているような俺でも、萎縮《いしゅく》する必要がない。多分、余計な穿鑿《せんさく》をされることも、人間性を知られて幻滅されることもない。出会ったばかりなのに、不思議とそんな安心感があった。そして……。

その日から、俺たちは二人で一騎の行方を追うことになる。

第三話　哀しい未来の輪郭を

1

草薙《くさなぎ》千歳《ちとせ》と知り合えたことこそが、僥倖《ぎょうこう》だったのだろう。

単純に千歳先輩は俺なんかとは比べ物にならないほど賢かったし、知性を存分に発揮するためのバイタリティも持ち合わせていた。

チョコレートばかり食べているせいなのか、百八十センチを超える長身ではあるものの、男とは思えないほどに華奢《きゃしゃ》で、色白で体力も力もない。それなのに、不思議と生命力には満ち溢《あふ》れている奇妙な人だった。

俺たちの当面の目標は、海堂一《かいどうかず》騎《き》の行方を知ることである。

一騎の消失は出席簿の中だけに留まらない。周囲の人間の意識からも完全に消え失《う》せてしまっている。しかし、家族ならばどうだろう。一騎には小学生になったばかりの弟がいたはずだ。

自宅に遊びに行ったことがなかったため、俺の力では今更、住所を調べようがなかったのだけれど、幾つかのヒントから千歳先輩が突破口を見つけ出す。

海堂はそれほど多い名字じゃない。出身中学が分かれば居住地域を特定出来るし、今年の春に小学生になったばかりという彼の弟は、年齢もはっきりしている。

記憶していた幾《いく》つかの情報を伝えると、先輩はデータベースを駆使して、海堂家の自宅に当たりをつけていた。

善は急げ。二の足を踏む理由もない。

翌日の土曜日、先輩と共に早速、一騎の自宅と推測された家を訪ねてみる。

しかし、そこで突き付けられたのは、非情な現実だった。

近くの公園で遊ぶ一騎の弟と推測された少年に接触し、兄について尋《たず》ねてみたのだけれど、返ってきたのは「お兄ちゃんなんていない」という一言だった。

もちろん、尋ねた少年がそもそも無関係だったという可能性もある。しかし、恐らく現実は想像通りのものだろう。

血の繋《つな》がった家族の記憶からも、一騎は消えてしまったのだ。

理解の出来ないものにこそ、人は恐怖を覚える。

一騎が消えた理由も分からないまま、たった一人で葛藤《かっとう》を続けていたら、俺はいつか狂ってしまったかもしれない。いっこうに出口は見えなかったが、自分の親友が消えたかのように、全力で考察をしてくれる千歳先輩の存在は心強かった。

そして、先輩と行動を共にするようになって一週間が経《た》とうとしていたその日。

事態は再び、予想もしていなかった角度から動き始めることになる。


九月二十四日、木曜日。

一騎が消えてしまってから、早いものでもう二週間が経っていた。

失踪事件というのは、時間が経つほどに真相究明が難しくなるはずだ。千歳先輩が幾つもの仮説を羅列しているものの、確固たる方針は見つかっていない。

精神的な疲労を覚え始めていた連休明けの放課後、時計部に出向くと先客がいた。

「やっと見つけた」

猫脚ソファーに腰を下ろしていた女子生徒が、俺を視界に捉《とら》え、眉根《まゆね》を寄せる。

「ねえ、君さ、私に謝らなきゃならないことがあるよね?」

少女の顔には見覚えがあった。確か同じ二年生の……。

「加藤《かとう》だったっけ?」

俺の返答を受け、彼女は立ち上がる。

「違う。失礼な奴《やつ》ね。加藤は担任の名前。私は鈴鹿《すずか》だよ。鈴鹿雛美《すずかひなみ》」

「ああ、そんな名前だった気がする」

少し前に、俺は駅で彼女とその恋人に奇妙な絡まれ方をした。

あの日の奇行と、終業式での『白稜祭《はくりょうさい》中止発言』は忘れられるはずもない。二回留年している千歳先輩も有名人だが、今、校内で一番有名なのは彼女だろう。もちろん、良い意味ではなく悪い意味でだ。

「先輩と知り合いだったのか？」

「君に用があったの。ここに入り浸っているって聞いたから」

「誰に聞いたんだよ。そんなこと」

「私が情報提供者の名を吐《は》くような卑怯《ひきょう》者に見えるのかしら？」

……こいつ、得意げな顔で何を言ってるんだろう。

ロッキングチェアに腰掛けた千歳先輩は、俺たちのやり取りを無表情に見つめている。

「私、前に会った時に話したよね。出席日数がやばいって。どうして、ちゃんと先生に説明してくれなかったの？　君のせいでマジで単位がやばいんだけど」

「下らない理由で学校をさぼるからだろ」

「信じられない。それが妊婦を助けた人間に言うこと？」

真剣な顔で彼女は憤《いきどお》っていたが、『信じられない』はこっちの台詞《せりふ》だった。

「助けてないだろ。あれはお前の彼氏じゃないか。用件は何？　俺に文句を言いたくてここまで来たわけ？」

「文句というより責任を取って欲しかっただけ」

「責任なんて取らないよ。取る理由がない」

鈴鹿雛美なる少女は唇《くちびる》をきつく結び、俺を睨《にら》みつける。

本気で言っているんだろうか。

終業式であんな行動を起こすくらいだし、まともな人間だとも思えないが……。

「話は終わりか？」

千歳先輩が低い声で問う。

「僕らにはなすべきことが多くある。君が綜士《そうし》に何をされたのか知らないが、危急の用件がないなら退出してくれ」

彼女の茶色い瞳が千歳先輩を捉えた。

「先輩、太陽の光を浴びてる？　シャーペンの芯《しん》よりも簡単に折れそうだよ」

「余計な御世話だ」

「喋《しゃべ》っていたら、なんかお腹《なか》減ってきたかも」

先輩の非難など何処《どこ》吹く風で、鈴鹿雛美はソファーに腰を下ろす。そのままポケットからグミの小袋を取り出し、マイペースに口に運び始めた。

「人の話を聞いているのか？　ここでくつろぎ始めるつもりじゃないだろうな」

「あ、そこのチョコレートも一箱もらうね」

答えも待たずに、彼女は木製机の上の箱に手を伸ばしていた。

先程から会話がまったく嚙《か》み合っていない。

「次の指針が見つかったんですか？」

これ以上、相手をしても時間の無駄だ。彼女を無視して千歳先輩に問う。

「西潟町《にしがたちょう》に住む海堂一騎の親戚の住所を入手した。時震《じしん》の影響が及んだと推測されるエリアの外だ。仮説を検証するためにも、出来るだけ多くのデータを集めておきたい。時震を体感しなかった人間にも、同じ現象が起きているのか確かめたいんだ。今、校舎を出れば、次の電車に間に合う。行こう。時間は有限だ」

千歳先輩に促《うなが》されて部室を出ると、鈴鹿雛美まで何も言わずについてきた。まさか西潟町まで同行するつもりなのだろうか。

俺たちの会話は完全に意味不明なはずだが、彼女は仏頂面《ぶっちょうづら》のまま同じ電車に乗り込んできた。


閑散とした電車に揺られること四十分。

「ねえ、ちょっと待って」

目的の駅で電車から降りると、ホームで後ろから雛美に呼び止められた。

「何だよ。俺たちは忙しいんだ。責任を取れだか何だか知らないけど……」

「さっきから話している一騎って人、君の親友でしょ？」

彼女の口から一騎の名前が飛び出し、無視を貫《つらぬ》いていた千歳先輩も歩みを止める。

「お前、一騎を知っているのか？」

「いや、知らないけど」

「……鬱陶《うっとう》しいな。構って欲しいなら別の奴を当たれよ」

「そうじゃなくて、消えたんじゃないの？　その一騎って人」

戸惑《とまど》いを含んだ彼女の問いを受け、千歳先輩が険《けわ》しい顔で振り返った。

「僕は君が現れてから、注意深く会話のワードを選別していた。確かに僕らは海堂一騎を探しているが、彼が消えてしまったと推測されるような発言はしていない。どうして君がそれを知っている？」

「やっぱり、その人は消えたのね」

「質問に答えろ。君は何者だ？　何が目的で綜士と僕に近付いた？」

これは、ただの失踪事件じゃない。千歳先輩以外の人間に理解してもらえるとも思えなかったし、俺たちは他人がいる場所での会話には、細心の注意を払っている。それにもかかわらず、目の前の少女は一騎の消失に気付いていた。

「そうだったんだ……。どうして、こんなことに……」

彼女は千歳先輩の追及には答えず、口元に手を当ててうつむく。

「何を言っているんだ！　君は何を知っているんだ！」

少女は唇の端《はし》を噛みながら顔を上げると、先輩ではなく俺を視界に捉えた。

「君の親友が本当に消えたのであれば、私は勘違いをしていたってことになる。これは四周目じゃない。五周目の世界なんだ」

そして、鈴鹿雛美は苦渋の眼差《まなざ》しで、それを告げる。

「杵城綜士《きじょうそうし》、君はタイムリープをしたんだよ」

2

やはり、こいつはワールドクラスの痛い女だ。

鈴鹿雛美《すずかひなみ》を前に、最初に思ったのはそんなことだった。

何がタイムリープだ。馬鹿げている。『バック・トゥ・ザ・フューチャー』じゃあるまいし、そんなSFを俺たちが真に受けると本気で考えているのだろうか。

「ある日、目覚めたら半年前に戻っていたんじゃない？　過ごした日々の記憶が残っているのに、突然、過去に戻っていて、大切な人間が消えてしまった。そうでしょ？」

どうしてこの女は、それを……。

「俺は半年前になんて戻っていない」

「嘘《うそ》をつかないで。その友達が消えたことを、ほかの人は理解していないでしょ？　家族は？　友達は？　君のほかにも友達が消えたことを不思議に思っている人はいる？　いないでしょ？　それは君がタイムリープをしたからだよ」

「ちょっと待ってくれ。そんなに一度に話されても処理出来ない」

一騎《かずき》が消えたことを、俺以外の人間は認識していない。その事実を言い当てられた以上、彼女がでたらめを話していると決めつけるわけにはいかないのかもしれない。

しかし、何故《なぜ》、この女が……。

「そんな話、僕は聞いていないぞ。君は半年後から戻って来たのか？」

先輩の問いに、首を横に振る。

「違います。俺は過去になんて……。いや、でも……」

「正直に話してくれ。何を言われても僕は笑ったりしない」

「本当に半年後から戻って来てなんていないです。だって、そうでしょ？　タイムマシンなんて存在するはずないじゃないですか。過去に戻るなんて……。でも、半年ってのは違うけど、一ヵ月なら……」

「一ヵ月過去に戻ったのか？」

「ずっと夢だと思っていたけど、白稜祭まで過ごした記憶があって……。でも、目覚めたら、まだ九月で……。聞き覚えのある授業も何度かあったけど……。俺はタイムマシンになんて乗った記憶がないんです！　そんな物、見たことも聞いたこともない」

「綜士《そうし》、どうやら君は、タイムリープとタイムトラベルの違いが分かっていないようだ。詳細は省くが、彼女が話した現象はタイムリープだ。君の人格のみが、ある地点の過去まで遡《さかのぼ》った。そういう話をしている」

千歳《ちとせ》先輩は彼女に向き直る。

「鈴鹿雛美と言ったな。まさかこんな場所で話が進展するとは思っていなかったが、どうやら僕らは君と話し合う必要があるようだ」

「先輩でしょ。雛美で良いよ」

「では、雛美。端的に尋ねよう。君は何故、綜士がタイムリープをしていると気付いた？」

「私が何度も同じ体験しているからよ」

間髪容《かんはつい》れずに返ってきた回答に先輩は表情を歪《ゆが》め、唇の動きを止める。それから、口元に手を当てると、熟考でもするかのように両の瞼《まぶた》を閉じた。

次から次へと展開していく話に、脳の処理が追いつかない。

しばしの沈黙の後、先に口を開いたのは、やはり千歳先輩だった。

「……念のために問うが、冗談で言っているわけではないんだな？」

「逆に聞くけど、こんな馬鹿な話を冗談ですると思う？」

千歳先輩は怖いくらいに真剣な眼差しで雛美を射貫いたが、彼女は怯《ひる》まずに睨み返す。

「了解した。では、君の言葉を信じる前提で話を進めよう。先ほどの話の続きになるが、君は一度ならずタイムリープを経験していると言った。前後の話から推察するに、その度に、誰か周囲の人間が消えているんだな？」

雛美は苦虫を嚙み潰したような顔で頷《うなず》く。

「私はもう三回、タイムリープしている。だから、これは四周目の世界なんだと思っていた。どうして、こんなことが起きているのかは分からない。でも、分からないなりに理解出来たこともある。タイムリープをする度に、必ず大切な人が消えてしまうの。最初はお父さんが、次はお母さんが、そして、三回目のタイムリープでは弟が消えてしまった。だけど、周りの人間にはそれが分からない。皆、最初からそんな人は存在していなかったみたいに……」

俺と一騎に起きている現象と、まったく一緒だった。

「少しまとめさせてくれ。三人の大切な人間を失《な》くした君は、これを四周目の世界と思い込んで生きてきた。しかし、自分以外に知人の消失を体験した人間を見つけてしまった。それはつまり、要約すればこういうことだ。君が言うところの四周目の世界で綜士がタイムリープを起こし、君も気付かぬ内に五周目の世界が始まっていた」

「そういうことだと思う。私は自分が最後にタイムリープをした三周目の世界までしか覚えていない。四周目の世界ではタイムリープをしたのが綜士だったから、私もほかの人たちと同じように、その周回のことを認識出来ていないんだと思う。でも、当事者の綜士だけは四周目の記憶を保ったまま、この五周目を始めることになった。ただ……自分で言っておいてアレだけど、先輩は私の話を信じられるの？　こんな話、普通に考えたら……」

「僕が信じるかどうかは瑣末《さまつ》な問題だ。説明が欲しいなら後で幾らでも足すから、まずは君の話を聞かせてくれ。やっと真相が見えてきたところなんだ」

千歳先輩は溢れんばかりの好奇心で目を輝かせていた。

「今は場所を移動する時間すら惜《お》しいな。雛美、立ち話でのヒアリングを許して欲しい。君はタイムリープが起きる度に、半年前に戻るのか？」

先輩の熱量に気圧《けお》されながら、雛美は曖昧《あいまい》に頷く。

「君がタイムリープしたことに気付いた日付は？」

「最初は一学期の始業式があった日だった。気付いたら、その日の朝に戻っていたの。でも、二回目と三回目は始業式の前日の夜だった」

「では、タイムリープが発生したのはいつだ？」

「最初のタイムリープが起きたのは、白稜祭の二日目の朝だったと思う。二回目と三回目は初日の夜だったけど」

千歳先輩は携帯電話を取り出すと、スケジュールアプリを立ち上げる。

「今年の始業式は四月六日、白稜祭は十月十日と十一日か。三回のタイムリープでいずれも百八十八日、時間を遡行《そこう》したということだな」

即座に数字を弾《はじ》き出し、先輩は俺に向き直る。

「綜士、君も白稜祭の記憶があると言ったな。最後の場面を思い出せるか？」

鮮明過ぎる夢だと思っていた一ヵ月分の記憶。その最後の記憶は……。

「初日の夜です。家に帰ったところで記憶が途切れて、気付いたら九月十日の朝でした」

「綜士の場合は三十日半戻ったということか。複数の人間に酷似する事象が起きている以上、示し合わされた自演でない限り、現実の現象と理解せざるを得ない。だが、二人の遡行期間に差異があるのは何故だ？　ほかにも気になる点はある。タイムリープが発生した日時が近いことだ。雛美に発生したタイムリープが二日に分かれていることを考慮すれば、単なる偶然とも考えられるが……」

唇に手を当て、千歳先輩は真剣な顔で考え込む。自分が体験したわけでもないのに、先輩は本気で俺たちの身に起きた事象を信じているようだった。

一方で俺は、我が身に起きたこととはいえ、未《いま》だに半信半疑でいた。

「……なあ、お前、タイムリープなんて本気で信じているのか？」

「逆に聞くけど、綜士は信じてないの？」

「だって過去に戻るなんて有り得ないだろ」

「有り得るとか、有り得ないとか、関係なくない？　頭の中に未来の記憶があるんだから疑いようがないでしょ。てか、よく今日まで夢だなんて思っていられたね。私からしたらそっちの方が信じられない」

いや、そりゃ、俺だっておかしいとは思っていたけど……。

「そっちは三回も過去に戻ったわけだろ。それに、半年も前に戻ったんなら季節だって違うじゃないか。同列で語られても困る」

「そうかなー。知性の問題な気もするけど。まあ、細かい話は良いや。グミ、食べる？」

「いらないよ。そんな状況じゃないだろ」

今は自分の身に起きた現実を把握するだけで精一杯だった。

「雛美、タイムリープが発生する原理は分からないのか？　現象に代償が伴う以上、望んで跳躍したわけではないはずだ。タイムリープの発生要因に心当たりはないのか？」

「自分の発生条件は分かるよ。三回とも同じ状況でタイムリープしているから」

「教えてくれ。君は一体、どんな条件下で過去に戻る？」

千歳先輩から視線を外し、雛美は僕を見据えた。

「前に駅で会った男のこと、覚えてるよね？」

「君の彼氏だろ。大学院生とかっていう」

一度、小さく頷いてから、

「白稜祭の夜に彼が死ぬの」

震える声で、雛美はそう言った。

あの男が学園祭の夜に死ぬ？　何の思い入れもないとはいえ、知り合ってしまった男が死に至るという未来に、怖気《おぞけ》を覚えた。

「……恋人の死に直面した君の心痛は察する。しかし、今、必要なのは慰《なぐさ》めではなく真相の探究だ。よって質問を続けさせてもらう。恋人が死ぬことで君はタイムリープをする。そう捉えて良いのか？」

鋭い声色で千歳先輩が問う。

「良いと思うよ」

「若干、辻褄《つじつま》が合わないな。君のタイムリープは一度目と二度目で発生のタイミングが違ったはずだ。恋人が死ぬタイミングが変わるということか？」

「彼が死ぬタイミングは変わっていないと思う。どの周回でも彼が死んだのは、白稜祭初日の夜だったはずだから。ただ、一度目は翌朝に登校するまで知らなかったの」

「登校した後、連絡が入ったということか？」

「違うわ。学校で知ったの。彼は白鷹《しろたか》高校で死んでいたから」

……学園祭の夜に、高校で死者が出た？

「大学院生だったんだろ？　どうして高校で」

「ＯＢが白稜祭に遊びに来ていても不思議じゃないでしょ。一日目には夜行祭だってあるじゃない。でも、私は彼が来るなんて聞いていなかった。だから、翌朝に知ったの。そして、それが始まってしまった」

悲壮な顔で雛美は説明を続ける。

「最初は地震が起きたんだと思った。信じられないくらいに地面が揺れて、クラスの皆の悲鳴を聞きながら、このまま世界が終わってしまうんじゃないかって思った。それくらい大きな地震だったの。でも、それはタイムリープが発生する予兆だった。地震の途中で意識が弾け飛んで、目覚めた時には半年間、時間が巻き戻っていた」

千歳先輩は俺を見つめ、一つ、頷いて見せた。

「どうやら仮説は的外れなものではなかったようだ。五年前のあの地震も、雛美が体験したという地震も、本当は時間の揺れである『時震』だろう。綜士、君はどうだ？　君もタイムリープの前に時震に遭遇したんじゃないのか？」

「……言われてみれば確かに」

「雛美、二回目と三回目のタイムリープも同様の条件下で発生したのか？」

彼女はタイムリープの度に半年、巻き戻されるという。それが本当ならば、実年齢よりも二年ほど長く生きているということになる。

「最初にタイムリープした時は彼の死因も分からなかったけど、自分が同じ時間を繰り返していることにはすぐに気付いた。だから、もう一度、彼が死ぬかなんて分からなかったけど見張ることにした。白稜祭の夜、彼が本当に白鷹高校を訪れていたのか、確かめようと思ったの。そして……」

思い出したくもない記憶なのだろう。雛美の顔が苦痛に歪む。


「私が見上げた先で、彼は時計塔から落下した」


時計塔から落下だと？

そんなこと有り得るのか？

「時計塔の扉は閉ざされていると思ってました」

「普段は施錠《せじょう》されているが、巨大なアナログ時計を動かすにはメンテナンスが欠かせない。時計塔はこの町のランドマークでもあるからな。定期的に時刻調整が行われている。どうやって入ったのかは分からないが、針を調整するための出窓から落ちてしまった。恐らくそんなところだろう」

雛美は曖昧に頷く。

「正確に言うと、二周目の時は、彼が亡くなってから事件を知ったの。グラウンドで騒ぎが起きているのを知って、駆けつけた時にはもう手遅れだった。私が彼の落下を直接見たのは三周目の時だけ」

「と言うことは、恋人の死が意図的なものなのか、事故だったのか、そこまでは分からないということか？」

「タイムリープを発生させるのは『絶望』なんだと思う。恋人が死んでしまったと知った時、私は気が狂うほどの絶望に襲われた。いつだって地震は絶望と共にやってきた」

「絶望は概念で、タイムリープは現象だ。現象である以上、突き詰めていけば必ずルールが存在するはずだ。雛美、君は繰り返す世界で恋人の死を止めようとしただろう？」

「当然でしょ」

「愚問だったな。過去に戻りたいという衝動は、多くの人間が抱く願望の一つだが、リスクが伴うなら話が変わる。恋人が死ねば強制的に半年前に戻され、その度に人間が一人消えるんだ。要求される代償が大き過ぎる。到底、看過《かんか》出来る支払い額じゃない。四周目の世界で雛美が恋人を救えていなければ、この五周目の世界に至るタイムリープを発生させたのも雛美だったはずだ。しかし、実際には綜士が過去に跳躍している。状況から推察するなら、雛美は四周目の世界で恋人を救えていた可能性が高い。繰り返した時間の分だけ、知識と経験は積み重なっていく。過去の経験を生かして、恋人を救ったんだろうな。雛美、君には現時点で何かアイデアがあるのか？」

「死ぬ時間と場所が分かっていたからね。今回は力ずくで、時計塔に近寄らせないつもりだった。そうすれば落下することもないでしょ」

「現実的な方法だ。恐らく君のやり方が功を奏し、未来が変わったんだろう」

「じゃあ、残る問題は……」

「綜士がタイムリープに至った原因を突き止め、その未来を回避することだ」

千歳先輩と雛美、二人の視線が俺に集まる。

「彼女の言葉を借りるなら、スイッチは絶望だ。恋人の死を知ることで時震が発生し、雛美はタイムリープに至っている。綜士、君にも思い当たる節があるはずだ。白稜祭の夜、君には何が起こった？」

3

白鷹高校の学園祭、白稜祭は、例年、二日間にわたって開催される。

前夜祭も行われるし、初日には夜行祭も予定されている。

写真部には実行委員からスタッフ証が配付され、すべての催しに優先的に入ることが出来る。体育祭や学園祭にはプロのカメラマンも入るが、写真部にも卒業アルバム用の画像データを提出することが求められているからだ。

とはいえ、写真部単体としては出店を行っていない。自分と関わりのない人間たちの狂熱になど興味を引かれるはずもなく、一騎《かずき》と共に、さしたる情熱も抱かずに祭典の一日を過ごしていた。

俺の中に存在する最大にして唯一の関心事は、織原芹愛《おりはらせりあ》が何をしているかだ。しかし、本年度の陸上部は出店を行っておらず、彼女のクラスは露店で焼きそばを売っているだけである。何度か遠目に眺《なが》めてみたものの、芹愛が当番に立つ時間ではなかったようで、その日は芹愛を見つけることが出来なかった。

思い起こしてみても、本当は四周目だったというあの一日に残る特別な記憶はない。

午後三時。

一度、教室に戻り、点呼が取られた後で初日は解散となった。

自由参加の夜行祭になど興味もない。青春時代を我が物顔で謳歌《おうか》する集団の中に身を投じるなんて、気分を害するだけの行為だ。

さっさと帰宅してしまおう。そう思ったのだけれど、荷物を取りに部室に寄ったタイミングで、実行委員に捕まってしまう。委託の外部カメラマンにトラブルがあったらしく、夜行祭の写真撮影を頼みに来たとのことだった。

次年度のこともあったし、生徒会役員も多く所属する実行委員に嫌われる事態は、避けなければならなかった。面倒な依頼ではあったものの断ることも出来ない。


一騎と共に、お客のような感覚で眺める夜行祭。

フォークダンスに花火大会、はしゃぐ生徒たちを見つめれば見つめるほどに、むなしさだけが胸の砂地に去来する。

グラウンドの端に小高い丘が作られており、俺たちはそこからキャンプファイヤーに興じる生徒たちの写真を撮っていた。

「結局、今日は最後まで芹愛を見つけられなかったな」

三脚に取りつけたカメラを覗《のぞ》きながら、一騎が呟《つぶや》く。

「行事に積極的に参加するタイプでもないしな」

こんな下らない馬鹿騒ぎを、いつまで眺めていなければならないのだろう。

とっとと帰りたかったが、俺たちが与えられた職責に熱心でないことを、実行委員たちは完璧に見抜いている。きちんと写真を撮っているか、度々、彼らは確認に来ていたし、キャンプファイヤー終了後に、今日の写真を確認させてくれとも言われていた。

「綜士《そうし》、秋の七草って全部言えるか？」

足下に群生する花々に視線を向けながら、一騎はそんな質問をしてきた。

「万葉集で詠《よ》まれたんだったっけ？」

「正解。いつも眠たそうにしているくせに、意外と真面目《まじめ》に授業を受けているんだな。秋の七草は山上憶良《やまのうえのおくら》が詠んだ歌が由来になっているんだ。『萩《はぎ》の花、尾花《おばな》、葛花《くずばな》、撫子《なでしこ》の花、女郎花《おみなえし》、また藤袴《ふじばかま》、朝顔《あさがお》の花』」

すらすらと一騎は暗唱して見せる。

「よくそんなの覚えてるな」

「無駄なものほど人生の彩《いろど》りだろ。春の七草は、七草がゆとして食べる。でも、秋の七草はただの観賞用だ。役に立たない感じが愛《いと》おしい」

人のことは言えないが、一騎も大概の変わり者だった。

「朝顔の花が秋の七草に数えられるのって何でだと思う？　夏の花だろ」

「言われてみれば確かに……。太陰暦だと季節感が違うのかな」

「諸説あるみたいだけど、山上憶良が詠んだ朝顔は、桔梗《ききょう》のことらしい」

「そもそも朝顔じゃないのかよ」

「桔梗のビジュアルは分かるか？　か細い茎に一重の花弁、俺の中では織原芹愛のイメージだ」

予期せぬ角度から、話が芹愛へと戻ってきた。

「時々、思うんだよ。彼女は文字通りの朝顔かもしれない。本当は桔梗かもしれない。長い間、眺めているのに、俺にはその正体が分からない。星のように彼女は遠い」

毎日、痛いほどに想い続けているのに、星のように彼女は遠い。

何を考え、何に迷い、何に歓喜するのか。そんなことさえ分からない。

こんなにも離れた距離からでは、咲かせた花の名前さえ断定出来ない。

例えば今、この会場に芹愛がいたとして、誰にも声をかけられずに一人で孤独に佇《たたず》んでいたとしても、その手を取るのは絶対に俺じゃない。

こんなにも想っているのに、その願いは俺一人にだけ許されていないのだ。


はしゃぐ生徒たちの歓声に、望まない形で当てられたせいだろう。

いつも以上に陰鬱《いんうつ》な感情を引きずりながら、帰途につくことになった。

帰宅すると何故かリビングの電気が消えていて、玄関の灯《あか》りがついていた。

ドアを開けたところで、入れ違いで出掛けようとしていた母親と遭遇する。

「何だよ。その格好。こんな時間に何処へ……」

対峙《たいじ》した母親が目に涙を浮かべていた。そして、俺を見るなり……。

「夕方に駅で芹愛ちゃんが死んだの」

それを告げられた時、俺はどんな顔をしていたんだろう。

「私は織原さんのところに行くから、余裕があったらあんたも来なさい」

織原家は向かいである。玄関から顔を出すと、路上に何台か見慣れない車が停《と》められていた。まったく意識せずに通り過ぎてきたが、親族が集まり始めているのだろうか。

母親の言葉が実感として胸に落ち、足下が震え始める。


「多分、俺はその時、母親の言葉を理解したんだと思います。それから、立っていられないほどの揺れが起きて……」

説明が核心に至り、千歳《ちとせ》先輩は目を細める。

「隣人の少女の死がきっかけとなって、タイムリープが発生したということか？」

「……多分」

「幼馴染《おさななじみ》とでも呼ぶべき少女が、ただの同級生以上の存在であることは想像に難くない。彼女は君の恋人だったのか？」

「まさか。子どもの頃から嫌われていますから」

「それは彼女の側の視点だ。論点は君がどう考えているかに尽きる。穿鑿《せんさく》めいたことを問うのは本意ではないが、端的に言うなら、君が彼女に恋をしているのか、そういう話だ」

千歳先輩と知り合ったのは一週間前だ。雛美《ひなみ》に至っては、友達とすら呼べない関係性である。ぺらぺらと内情を話す気にはなれないものの、核心を隠していては話が進まない。

最優先はこの現象を解明し、一騎を取り戻すことである。

「先輩が考えている通りだと思います。芹愛が死んだと聞いた時、目の前が真っ暗になりました。血の気が引いて、最初は自分がよろけたんだと思ったけど……」

「君にも時震が起きたということだな？」

「怖いくらいに足下が震えたという記憶はあります」

既にホームからは俺たち三人以外の姿が消えていた。

当分、次の電車もやって来ない。

「整理してみよう。鈴鹿《すずか》雛美《ひなみ》と杵城《きじょう》綜士《そうし》にはタイムリープと呼ぶべき現象が起きている。君たち二人だけが過去に戻る理由は分からないものの、発生要因は推測出来た」

「絶望ですね」

「いや、絶望は概念だ。現象で説明するためにも『大切な人の死を知ること』と定義すべきだろう。雛美の絶望は十月十日の夜に、恋人が時計塔から落下することで発生する。彼の名前と大学名を教えてくれるか？」

千歳先輩に促され、雛美は恋人の紹介を行う。以前に駅で会った彼は、古賀将成《こがしょうせい》という名前であり、国立大学に通う二十四歳の院生だった。

「綜士の絶望も同様に十月十日に発生している。推測される原因は、隣人の織原芹愛が駅で死ぬことだ」

あの日、俺は突き付けられた現実を受け止めることさえ出来なかった。その結果、絶望に至り、過去に飛んでしまった。そういうことなのだろうか。

「疑問は幾つかある。大切な人間との死別は珍しい話じゃない。それにもかかわらず、君たちにだけタイムリープが発生していることには、何か理由があるのか。原因と考えられる悲劇が、等しく十月十日に発生しているのは偶然なのか。雛美は半年前に戻るのに、綜士は一ヵ月しか戻らないのは何故なのか」

千歳先輩は険しい表情のまま言葉を続ける。

「しかし、最大の懸念事項は別にある。雛美は三回のタイムリープによって両親と弟を失い、綜士は友人を失ってしまった。多くの人間にとって時間遡行の能力は、喉から手が出るほどに魅力的なものだ。考えようによっては、不滅の肉体を手に入れたとさえ言えるわけだからな。だが、君たちはタイムリープの度に高過ぎる代償を払わされている。このループを抜け出せない限り、際限なく代償を払わされ続ける可能性すらある」

そうか……。愚鈍《ぐどん》な俺はようやく理解し始めていた。

自分の身に起きたこの現象は、一回で終わるとは限らない。雛美がそうであったように、芹愛の死を知る度に何度でも……。

「消えてしまった雛美の家族と、綜士の友人を取り戻すこと。僕らはそれを目標とするべきだが、これ以上の消失を許さないためにも、まずはタイムリープを止める必要がある。ただ、織原芹愛の死にはあまりにも情報が無さ過ぎる。このままでは再び、彼女の命が失われてしまうかもしれない」

「つまり、私たちでその芹愛って子の死を食い止めれば良いってわけね」

腰に手を当て、似合わない真剣な顔で雛美が呟く。

「最優先事項はそうなるだろう。彼女が駅で死ぬのは十六日後、十月十日の夕刻だ。僕らは全力でそれを阻止しなければならない」

「なるほどね。分かったわ。じゃあ、芹愛って子が死なないように私も協力してあげる」

雛美に背中を力強く叩《たた》かれ、思わずむせてしまう。

「私がいれば大丈夫。ちゃんと守ってあげるからね」

何処から自信が湧いてくるのか知らないが、雛美は屈託のない笑顔を作って見せた。

「それで、協力するのは構わないんだけど、一つだけ、どうしても根本的に理解出来ないことがあるんだよね」

雛美は千歳先輩に疑念の眼差しを向ける。

「綜士が私の話を聞いてくれるのは分かるよ。でもさ、先輩は何者なの？　普通に考えたらこんな話、信じられないと思うんだよね。そう確信していたから、私はずっと一人で戦ってきたのに、先輩はどうしてこんな話を信じてくれるの？」

「きっかけは好奇心だが、今は正義感が動機だ」

「ちょっと意味が分からない」

千歳先輩は頭上の電光掲示板に目をやった。

時刻は午後六時になろうかとしている。

「今日は町外に住む海堂一騎《かいどうかずき》の親戚について調べるつもりだったが、もうその必要はないな。半年前に戻った君の周囲で、消失者にまつわる騒ぎが起きていないんだ。答えは自明だろう。折り返しの電車で学校に戻るから、君もついて来ると良い。そこで五年前の話をしよう。時計部が作られた理由を説明すれば理解してもらえるはずだ」

確かにあの奇妙な部室は、特異であるが故《ゆえ》の説得力を持っている気がする。

「まあ、好奇心については何となく察したよ。先輩ってさ、どう考えても変な人だもん。分かんないのは正義感の方」

「それこそ意味が分からない。このままでは君たちの大切な人が死んでしまうんだろ？　助けるに決まってる」

「でも、私たち、別に友達じゃないじゃん」

「そんなことに何の意味があるんだ？　助けを差し伸べることに理由なんていらない。タイムリープが起きれば、また誰かが消えてしまうんだ。そんなこと絶対にあっちゃいけない。命より大切なものは確かにあるだろう。だが、僕らの平凡な人生で、命に勝るものが天秤《てんびん》にかけられることなど、ほとんど有り得ない。すべては生きてこそだ。誰の命であっても、絶対に守らなきゃならない」

雛美は呆《あき》れたように小さく笑う。

「やっぱり先輩は変わってるね。私は自分に関係ない人間がどうなろうが、哀《かな》しんだり出来ないよ」

「今この瞬間にどれだけの子どもが飢餓《きが》で死んでいても、どれだけの人間がテロリストに殺されていても、あずかり知らない事象にまでは同情しない。だが、君たちに臨んだ災厄《さいやく》を僕は知ってしまった。知ってしまった以上、全力を尽くす。それだけのことだ」

「……私、見た目で誤解してたかも。先輩って主人公みたいな人だったんだね。じゃあ、今日からよろしく」

雛美は握手を求めて両手を伸ばし、

「織原芹愛を私たちで絶対に守ろうね」

笑顔で告げてから、戸惑う俺と先輩の手をきつく握り締めた。

4

五年前に八津代町で起きた気象庁に認定されていない地震。その正体が『時震』であるという千歳《ちとせ》先輩の仮説に対し、雛美《ひなみ》はさしたる疑問を挟まなかった。

共通項を探るため、千歳先輩は五年前の八月八日に何をしていたかを雛美に尋ねたが、返ってきた回答は、

「そんな昔のこと覚えてない。地震があったことも知らない」

という、そっけないものだった。

時震発生時に震源地と思われる白鷹高校にいたからこそ、俺の身にはタイムリープという現象が起こるようになった。先輩はそう推測していたものの、時震当夜に雛美が白鷹高校にいなかったとなると、この仮説は破棄しなければならないかもしれない。

雛美の家族は、父親、母親、弟の順に消失しているという。雛美は自分にとって身近な人間から、順番に消えていくと推測していた。

もしも俺がまたタイムリープをした場合、次に消えるのは誰になるのだろう。

芹愛《せりあ》の死がきっかけとなってタイムリープが発生するわけだから、彼女が消えるということは有り得ない。雛美の恋人が消えていないことからもそれは明白だ。

雛美の場合は三度とも家族が消えたわけだが、俺は唯一の家族である母親と喧嘩《けんか》ばかりしている。父親は別の県に住んでおり、もう二年以上、顔も見ていない。

もしも、もう一度、過去に跳躍することになったとして、誰が消えるのかは想像もつかなかった。


これからの十六日間でなすべきことは明白である。

芹愛の死因を突き止め、その命を救うのだ。

五年前のあの日、俺は一度、教室で芹愛に救われている。どうしようもないほどの憐《あわ》れみをかけられている。

卑劣な手で彼女を貶《おとし》め、卑怯者となってしまったことを、ずっと後悔し続けてきた。罪滅ぼしがしたかった。たとえ自己満足に過ぎなくても、何かを彼女のためにしたかった。

望んで身を投じた状況ではないとはいえ、ようやく芹愛のために何かをなせるチャンスがやってきたのかもしれなかった。


それぞれに出来ることを明日までに考えてくること。

千歳先輩の指示を最後に受けて、その日は解散となった。

やり残したことがあるという先輩と別れ、雛美と共に昇降口へ向かったものの、二人きりの帰途に微妙な気まずさを感じてしまう。

わけの分からない現象に巻き込まれた当事者同士である。俺たちは互いを最も理解出来る二人なはずだが、彼女は生粋《きっすい》の変わり者だ。次にどんな奇行が飛び出すのか、何を話し出すのか、まったく予想がつかない。

「芹愛ってどんな子なの?」

階段を降りながら彼女に問われる。

「陸上部」

「趣味は?」

「知らない」

「性格は?」

「よく分からない」

睨むような眼差しが突き刺さった。

「貴重な協力者に対して、その答えはないんじゃない? ちゃんと考えなよ」

「本当に知らないんだから仕方ないだろ。中学の時も同じクラスになったことはなかったし、今だって遠目に見かける程度だ」

「仲良くしている子とか知らないの？」

「知らないよ。友達と一緒にいるところなんて見たこともない」

「好きな食べ物は？」

「さあね。それも知らない」

「本当に何も知らないんだね」

　そのそっけない一言が、俺にとってはどれほど重たい言葉だったのか。きっと雛美は気付いていないだろう。

　こんなにも好きなのに。誰よりも大切に思っているのに。毎日のように遠目に眺めていたのに。俺は芹愛のことを知らない。本当に何も分かっちゃいないのだ。

「俺もお前に聞きたいことがある」

「何でもどうぞ。私は全部答えてあげるよ」

　こいつには警戒心というものがないんだろうか。

　三回も恋人の死を経験しているくせに、緊張感が皆無であるように思う。

「消えてしまった人間を取り戻す方法はないのかな」

　一騎《かずき》は人生で初めて出来た、本当の友達だ。こんなに情けない負け犬みたいな俺と、それでも友達になってくれた良い奴なのだ。

　俺なんかのせいで、一騎が世界から消えて良いはずがない。

「ないと思う。消えた人間は絶対に戻って来ない」

自らの痛みも噛み締めながら、雛美はそう告げた。

「……一騎が消えたのは、俺がタイムリープで過去に戻ったからだろ。じゃあ、俺が戻った一ヵ月前よりもさらに前の時間なら、消えていないんじゃないか？　つまり、今、お前が半年前に戻ったとしたら、九月十日より前の世界では……」

「そんなの考えるだけ無駄だよ。だって私はもう二度と彼を死なせない。私がタイムリープしないんだから、そんな仮説、確かめようがない」

「そうだけど、じゃあ、一騎は……」

「皮肉な話だよね。強制的に過去をやり直さなきゃならないのに、家族を消してしまったという過去だけは変えられないんだから。でもさ」

彼女は無理やり笑顔を作って見せる。

「一番大切な人の未来は変えられるんだよ。本当は死んでしまう大切な人を、私たちは守ることが出来るの。それは、凄《すご》く幸運なことかもしれないとも思う」

強い女だと思った。

「私は彼を二度と死なせたりしない。綜士《そうし》だって同じ気持ちでしょ？　私が彼を守れても、綜士が失敗すれば世界のループからは抜け出せない。だから、私も全力で芹愛を守ろうと思うよ」

「……ありがと」

「うん。そんなわけで仲間から一つ助言。自分は彼女のことを何にも知らないとか、いじけたことを言うのはやめなよ。どんな些細《ささい》なことでも良いから、彼女について知っていることをまとめてきて。綜士がやるべきことは、知っている情報を出来る限り私たちに伝えることだと思うよ。突破口なんて何処に転がっているか分からないんだから」

草薙千歳《くさなぎちとせ》と鈴鹿雛美《すずかひなみ》、変わり者の二人に背中を押されながら、俺は恋に落ちてから初めて、逃げずに芹愛と向き合っていくことになる。

その先に待ち受けていたのは、想像さえもつかない世界だったのだけれど……。

俺たちはまだ、その哀しい未来の輪郭《りんかく》さえ捉えてはいなかった。

第四話　すべての痛みを受け止めて

1

織原芹愛《おりはらせりあ》について知っていることを、書き出せるだけ書き出してみた。

毎日のように彼女を眺《なが》め続けていたというのに、俺が知っていることなんて本当に些細《ささい》なことばかりだ。

わずか二ページにまとまったメモを見ながら、改めて隔《へだ》てる距離を思い知る。卑怯《ひきょう》な行為に及んでしまった五年前のあの日から、二人の距離は離れていくばかりだった。


九月二十五日、金曜日の放課後。

「へー。芹愛って意外と複雑な家庭環境で育ってるんだね」

時計部の部室で、用意してきたメモを千歳《ちとせ》先輩と雛美《ひなみ》に見せる。

「母親、うちの高校の教師じゃん。織原先生って綜士《そうし》のクラス担任でしょ?」

「意外と複雑ってどういう意味だよ。お前、芹愛のことなんて知らないだろ」

「根暗な男子が好きになるような子だし、もうちょっと能天気な女子を想像してた」

「悪かったな。根暗な男で。どうせ俺は陰湿だよ」

「何で卑屈になってんの？　別に良いじゃん。根暗なくらいの方が頭良さそうに見えるって。夜な夜なポエムとか書いてるんでしょ？　マジでウケるんだけど」

出会った時からだが、どうしてこの女はこんなにも失礼なんだろう。

芹愛の実母は彼女が小学校に入学する前に病死している。幼少期の芹愛は父と姉との三人暮らしだったが、小六の冬に父親が再婚し、四人家族となった。

継母《ままはは》である亜樹那《あきな》さんと芹愛の関係は、再婚当初、あまり上手《うま》くいっていなかったと聞いている。しかし、少なくとも子どもの頃から姉とは大の仲良しだったはずだ。

芹愛の三つ年上の姉、織原安奈《おりはらあんな》は少し変わった人間で、高校には通っていなかった。現在も働いているようには見えない。身体《からだ》が弱いという話を聞いたことがある気がするのだけれど、興味のある話題でもなかったからよく覚えていない。

「僕も織原芹愛の家族について調べたよ。一つ気になる情報があった」

今日も千歳先輩の左手にはチョコレートが握られている。いつ見てもチョコレートばかり口にしているが飽きないんだろうか。

「彼女の父親、織原泰輔《おりはらたいすけ》は三ヵ月前から病気で休職しているらしい。親から何か聞いていないか？　同い年の子どもがいるなら、両家の交流があっても良さそうなものだが」

「いえ、何も聞いてないです」

「確認を取れるか？」

チェーンドライブの振り子時計に目を移す。

時刻は午後四時半を指している。母はまだ会社にいる時間だ。

「返信がくるか分からないですけど、メールを送ってみます」

「先輩、どうやってそんなこと調べたの？」

いつの間にかソファーに寝そべっていた雛美が問う。その手には、またしても無断で机の上から失敬した、チョコレートの小箱が握られていた。

「職員用のパソコンは、すべてローカルネットワークで繫《つな》がっているんだ。日中はログアウトもシャットダウンもほとんどされることがない。授業のタイミングで準備室に忍び込み、生徒情報のデータベースにアクセスして父親の勤め先を調べた」

「先輩って意外と行動的だよね。犯罪者的ではあるけれど」

「人の命がかかっているんだぞ。君は当事者のくせに意識が低過ぎる」

本当にその通りだと思った。非難をものともせずにチョコを食べ始めているし……。

「織原芹愛の死に家族が絡んでいる可能性もあるだろう？　何か手掛かりが得られないか、鎌でもかけてみようと思ってね。彼女の父親は証券会社に勤めていたから、顧客を装って電話をかけてみたんだよ。そこで休職の話を聞かされたんだ」

「あ、話の途中ですみません。母親から返信がきました。早いな」

俺の携帯電話を二人が覗《のぞ》き込む。

目に飛び込んできた文面は……。

『癌《がん》だそうよ。末期癌だって亜樹那さんから聞いてる。お見舞い、行ってくれる？』

子どもの頃から知っている隣人である。不意に飛び込んできた報に心が沈んだが、同時に、あやふやな記憶が蘇《よみがえ》った。

「あれ……。でも、確か泰輔さん、少し前に亡くなったはずじゃ……」

「四周目の記憶か？」

即座に先輩に問われ、それがタイムリープ以前の記憶だったことに気付く。

「そうかもしれません。葬式があるって言われて、でも平日だったから、俺は参列していなくて……」

「その記憶が確かなら、彼女の父親はもうすぐ、つまり白稜祭《はくりょうさい》よりも前に亡くなるということか。慎重に動いている暇はないな。君の母親に入院先を聞いてくれ」

数分後、芹愛の父が市内の総合病院に入院しているとの返信を受け取る。

『お見舞いに行かなきゃって思っていたのに、タイミングが見つからなかったの。丁度良かったわ。後でお金を渡すから、適当な物を見繕《みつくろ》って、綜士が行って頂戴』

藪蛇《やぶへび》と言えば良いのだろうか。返す刀で面倒なことを頼まれてしまった。

そもそも俺には泰輔さんに対する個人的な思い入れがない。病《やまい》に伏したことには同情するが、お見舞いになんて行くつもりはなかった。

大体、『丁度良かった』なんて文面がまず気に食わないのだ。死にかけている人間のお見舞いに行かせようという時に、丁度良かったはないだろう。隣人の病状を知ってしまった以上、体面を保《たも》つためにも一度くらいは見舞いに行かねばならない。しかし、そのための時間を作るのも億劫《おっくう》だ。丁度良いから息子に行かせてしまおう。そういう裏の感情が見え隠れしている。デリカシーがないのも大概にして欲しかった。

お見舞いの品を『適当な物』呼ばわりする神経も理解出来ない。きっと父親との離婚の背景にも、こういう配慮の無さが一因として存在していたのだろう。

ほとんど反射的に、断りの文面を入力し始めると……。

「待て、綜士。君はお見舞いに行き、織原家の様子を探るべきだ」

返信を入力していた右手を、千歳先輩に横から摑《つか》まれた。

「どうしてですか？　俺たちが食い止めなきゃならないのは芹愛の死です。冷たい言い方になりますけど、彼女の父親は関係ないですよね？」

「現在、僕らが手にしているのは、十月十日の夕刻に彼女が駅で亡くなるという情報だけだ。君は彼女の死因についてどう考えている？」

「どうって言われても、そんなこと分かりませんよ。先輩だって同じでしょう？」

芹愛の死因さえ分かっていれば、こんなに悩まされることだってないのだ。

「考えられる死因は大別すれば、事故、殺人、自殺の三つだ。この内、手段としての殺人は、駅という公共の場で発生することを考慮するなら、ほとんどその可能性を排除して良いはずだ。では、事故についてはどう思う？」

「線路に落ちたりすれば、有り得るんじゃないですか？」

「身体能力に優れた彼女が、ホームに電車が入ってくるタイミングで、偶然、線路に落ちるなんて考えられるか？　少し早くても、少し遅くても、事故は避けられる。『駅で死んだ』という言葉だけでは、それをホームと断定することは出来ない。階段から転げ落ちたのかもしれないし、ロータリーで事故に巻き込まれたのかもしれないが、いずれにせよ、命を落とすほどの事故に遭う確率は低いはずだ」

「じゃあ、芹愛の死因は……」

「僕は十中八九、自殺だと思っている。そして、君に対して告げるべき言葉ではないかもしれないが、もしもこの想像が当たっているとすれば、僕は彼女を軽蔑する。命を大切にしない奴《やつ》は最低だ」

先輩の口から零《こぼ》れ落ちた強い言葉に、メモに目を落としていた雛美が顔を上げた。

「死んだ方がマシと思えるような辛い状況だってあるだろう。心に傷を負った人間が、その境遇故《ゆえ》に命を絶つこともあるだろう。人生は千差万別だ。赤の他人に口出しをする権利はない。だが、あえて言わせてもらう。自分の命を絶つなんて真似《まね》は、最悪の愚行だ」

「先輩って細くて白いくせに、頭の中は意外と熱いよね」

「外見と思考は相関関係にない」

茶化すように言った雛美を睨《にら》みつけてから、

「どんなに絶望的な状況でも、命さえあれば必ず出来ることがある。昨日までの人生が思い通りにならなかったように、明日からの人生だって予想通りには進まないんだ。織原芹愛にどんな事情があろうと、僕は自殺なんて絶対に認めない。何が何でも引き止めて改心させるつもりだ。そして、自殺の可能性が最も高いと推測される以上、まずは彼女の現状を出来る限り正確に把握する必要がある」

正論の前では返す言葉がない。

反論の言葉がない以上、従う以外に道はない。

「綜士、彼女の父親のお見舞いに行くんだ。余命が幾許《いくばく》もない状態では、面会が叶《かな》わない可能性もある。それでも、出向くこと自体に意味があるはずだ。僕は彼女の継母について調べてみようと思う。メモの中に少し気になるデータもあったしね」

「じゃあ、今日も別行動か。私はどうすれば良いの？」

「雛美には自分の恋人を守るという仕事があるだろう？」

「そっちの対策は、もう終わってる。どの周回でも当日まではおかしな行動なんて見つからなかったから、今はやることがないんだよね」

あっけらかんと告げた雛美に対し、千歳先輩は表情を曇らせる。

「僕は君を見ていると、凄《すご》く不安になるよ。織原芹愛の死を食い止められても、君が失敗したら、やり直しになるんだからな。聞いていなかったが、雛美、君にはまだ家族がいるのか？」

「いるよ。私、一人で生きていけるタイプじゃないし」

「君がどんなタイプかなんて聞いていない。消失していない家族は誰だ？」

「お祖母《ばあ》ちゃんと姉」

以前、弟が消えたと言っていたから、雛美は三人姉弟《きょうだい》の真ん中なのだろう。

「お前さ、家族が消えたのに、よくそんな風に能天気にしていられるよな」

「……私が能天気にしているように見えるの？」

「少なくとも深刻に悩んでいるようには見えないな」

「そういう風に綜士には見えるんだね。でも、仕方ないじゃん」

その時、雛美の顔に張り付いていた表情が、哀《かな》しみなのか、怒りなのか、それとももっと別の何かだったのか、俺にはよく分からなかった。

「だって私は三回も過去に戻されたんだもん。その度に、同じ半年間を過ごしてきたんだよ。飽きてしまったって仕方ないじゃない。失望にだって賞味期限があるんだから」

雛美は涙なんて浮かべていないのに、まるで泣いているように見えた。

失望に賞味期限があるのかなんて、俺には分からない。ただ、少なくとも大切な人を失った哀しみに、飽きがくるなんてことはないはずだと思った。

人間は真顔で嘘《うそ》をつく。自分を守るために、つかなくても良い嘘を、ついてはいけない嘘を、平気で吐《は》き出してしまう。雛美の言葉を額面通りには受け取れない。

「君にはまだ大切な家族が残っているじゃないか。これ以上、誰も失わないように、最後まで集中して動いてくれ」

「そんなこと言われなくても分かってるよ。私だって二度とあんな思いはしたくない。それに……」

雛美は窓の外に目を向ける。

「目の前で好きな人が死ぬのは、もう懲《こ》り懲《ご》りだ」

彼女の恋人は白稜祭の夜に、時計塔から落下して死ぬという。

三周目の世界で彼女はその場面を目撃しているのだ。直面しただろう痛みと衝撃は、想像してなお余りある。

「じゃあ、今日は私も綜士に付き合ってあげる。お見舞いなんて、一人じゃどうして良いか分からないでしょ？　作法とかはよく分かんないけど協力してあげるよ」

どちらかと言えば、彼女について来られた方が不安ではあるものの、死期が迫っている隣人のお見舞いなんて、それだけで足踏みしてしまうような案件でもある。

一人ではないというのは、それだけでありがたいことなのかもしれなかった。

2

俺は十七年の人生で、一度もお見舞いなるものを実践したことがない。入院を経験したこともないため、訪問される側になったこともない。

「手土産って何を持って行けば良いんだ？」

「普通は花とかじゃない？」

「なるほど。薔薇《ばら》じゃまずいかな？」

「薔薇はまずいでしょ。だって棘《とげ》があるもの。もっと優しそうな花が良いと思うよ」

「優しい花って何だよ。花に優しいとか厳しいとかないだろ」

雛美《ひなみ》に常識的な回答を求めること自体が間違っている気もするが、残念ながら現在、頼れる相手は彼女一人しかいない。

「その人、三ヵ月も前に休職して入院してるんでしょ？　末期癌ってことは一時帰宅も難しいだろうし、長持ちするように植木鉢に入ってるのが良いんじゃないかな。盆栽とか」

「植木鉢に入っていれば、あとは飾るだけだしな。でも、盆栽はないだろ。聞いたことがないぜ。お見舞いに盆栽なんて」

「いや、それは偏見だって。ちゃんと見たら癒《いや》されるよ」

雛美の勢いに押されつつ、病院近くの花屋に入る。

お見舞いの品に相応《ふさわ》しい盆栽を見繕って欲しいと頼むと、失笑と共に世間の一般常識を説《と》かれることになった。

鉢植えの植物は『根付く』という語から退院出来ないことが連想されてしまうため、お見舞いの品としては避けた方が良いらしい。ほかにも下向きの花や、葬儀、お供え物を連想される類《たぐい》の花も避けるべきとのことだった。加えて……。

「入院患者へのお見舞いに、生花を禁止している病院も増えているけど大丈夫？」

店員から予期せぬ問いを受ける。

「花が禁止されているんですか？」

「花や花瓶《かびん》に存在する菌が原因で感染症にかかることを恐れているみたいだね」

「お見舞い相手は癌で入院している人で、末期だって聞いています」

「それは止《や》めた方が良いかもね」

癌の患者は怪我《けが》人とは別の病室に入院しているんだろうか。

その辺りの事情さえ分からないわけだけれど、少なくとも生花はお見舞いの品にしない方が良さそうだった。

手ぶらで出向くわけには行かない。

仕方なく病院の近くにあったデパートに入り、一階から最上階まで満遍《まんべん》なくさまよった後で、ようやく地下にあったギフトコーナーを見つける。目についた手頃な菓子折を購入し、店を出た頃には日が暮れようとしていた。

「面会時間って何時までだろう。急いだ方が良いよね」

雛美は病室までついて来る気なのだろうか。見たこともない少女が突然お見舞いに訪れたら、泰輔《たいすけ》さんも戸惑《とまど》ってしまう気がする。

まあ、良い。なるようになれだ。もう時刻は午後六時を回っている。菓子折まで買ったのに会えませんでしたでは、無駄足に過ぎる。

受付で織原泰輔《おりはらたいすけ》の名前を出して、入院している病室を知る。

病院の匂《にお》いは昔から苦手だった。

俺は今日まで、嫌なことから目を逸《そ》らし続けて生きてきた。病院に居《い》た堪《たま》れなさを感じるのは、多分、充満した死の匂いに、逃げようのない現実を突き付けられるからなのだろう。お前もいつかここに来るのだと、その時をきっと孤独に迎えるのだと、そんな風に誰かが心の裏側で囁《ささや》いてくる。

芹愛《せりあ》の父が入院しているという病棟の五階に辿《たど》り着く。

日勤の看護師が退勤した後だからなのか、ナースステーションもロビーも閑散としており、廊下にも人影がなかった。

末期癌の病人とは、一体どんな状態なんだろう。普通に会話をするくらいであれば問題ないんだろうか。泰輔さんとは最後に会ったのがいつかも思い出せない。


病室へと続く廊下を歩いていくと、前方右手のドアが開き、中から高校生らしき少女が現れる。扉を閉めた後で彼女がこちらを向き……。

お互いが、まったく同じタイミングで立ち止まった。

……どうして、この可能性を考慮しなかったんだろう。

余命幾許もない父親を娘が訪ねるなんて、考えてみれば当たり前の話だ。毎日、部活動の後で、いや部活動を休んででもお見舞いに来るはずである。

「……もしかして、あれって織原芹愛《おりはらせりあ》?」

釣られるように立ち止まった雛美が小声で尋《たず》ねてきたが、声が出なかった。俺を視界に捉《とら》えた瞬間、芹愛の顔色がはっきりと変わったのが分かったからだ。

彼女は俺を目に留めた時、あんな風にして表情を歪《ゆが》めるらしい。もう何年もまともに向き合ったことがなかったけれど、芹愛の中で俺という人間は、変わらず忌避《きひ》すべき存在だったのだ。


芹愛を見た瞬間に身体が強張《こわば》ってしまい、そこから一歩も踏み出せなくなる。雛美が学生服の裾《すそ》を引っ張ってきたが、頰《ほお》を引きつらせることしか出来なかった。

険《けわ》しい表情のまま、芹愛が俺たちに向かって近付いてくる。

二メートルほど先で彼女は立ち止まると、俺が手に持つ菓子折に目を留めた。

「何をしにここへ？」

毎日のように遠目から眺めていたとはいえ、手を伸ばせば触れられるほどの距離で向き合うのは本当に久しぶりのことだった。


痛いくらいに、哀しいまでに、思い知る。

鼓膜《こまく》を揺らす声に当てられて、頭がどうにかなってしまいそうだった。

こんなにも、今でも心は彼女を想っていた。


「質問が聞こえないの？」

「見れば分かるでしょ。お見舞い以外の理由でこんなところに来ないっつーの」

芹愛の言動が癇《かん》に障《さわ》ったのか、きつい口調で雛美が答える。

「……あなた、誰？」

「人に尋ねる前に、まずは自分が名乗ったら？」

「答えたくないなら別に良い。私はあなたになんて興味ない」

「むかつく女ね。それがわざわざお見舞いに来てやった人間に吐く台詞《せりふ》？」

二人の相性が悪いのか。芹愛が俺に悪感情を抱いているせいで、こうなることが必然だったのか。芹愛と雛美は出会ってすぐに互いへの敵意を見せていた。

「あなたは綜士《そうし》の付き添い？　どういうつもりで付いて来たのか知らないけど、お父さんは今、本当に苦しんでる。知り合いでもない人間に訪ねられるのは迷惑」

「はあ？　私が知り合いじゃないとか勝手に決めないで欲しいんだけど」

「……知り合いだったの？」

「違うけど」

支離滅裂な雛美の応答に対し、芹愛は露骨に眉《まゆ》をひそめる。

「お父さん、もう疲れて眠ったから。今日は帰って」

「別にあんたに会いに来たわけじゃないし、帰るか帰らないかを決めるのは私たちだわ。そもそも手土産も渡さずに帰れるかっつーの」

唇《くちびる》をきゅっと結ぶと、芹愛は俺の手から菓子折を奪うようにして取った。

一瞬、その指先が触れただけなのに、身体中に鋭敏な感覚が走った。

「お願いだから、もう帰って。これ以上、考えることを増やしたくないの」

不満そうな顔の雛美に、背中を強く小突かれる。

「言い返しなよ。どうして黙ってるわけ。当事者なんだから綜士が好きなようにしなよ」


芹愛に話したいことは山ほどあった。

伝えたいことも、伝えなければならないことも、きっと、言い尽くせないほどにあったのに、久しぶりに相対したという事実だけで胸が詰まってしまい、どんな言葉も唇から吐き出すことが出来なかった。


「……帰るよ」

「それで良いの？　今、会わなきゃ、もう二度と会えないかもしれないのに」

「そういうことを部外者が言わないで」

芹愛が厳しい口調で非難する。

「……悪かった。俺なんかがこんなところに来るべきじゃなかった」

消えそうな声で告げ、きびすを返す。

「ちょっと待ってよ！　置いてかないで」

足早に芹愛の前から立ち去ると、慌《あわ》てて雛美が追いかけてくる。

今、俺の背中には芹愛の視線が突き刺さっているんだろうか。それとも、俺なんかには何の興味も持たない彼女は、お見舞いの品を持って病室へと戻ったのだろうか。

振り返ることも出来ないまま、逃げるようにその場を立ち去ることしか出来なかった。

3

「ごめん。私、ちょっと頭に血が上っちゃって……」

停留所に着くと、開口一番、気まずそうな声で雛美《ひなみ》がそう告げた。

「綜士《そうし》のお見舞いだったのに……。正直、少し反省してる」

バス停には俺たちのほかに客の姿がない。

一つ溜息《ためいき》をつくと、誰もいないベンチに力なく腰掛けた。

「謝らなくて良いよ。別にお前のせいじゃない」

「でも、私が喧嘩《けんか》しちゃったせいで、お見舞い相手にも会えなかったわけだし」

「お前がいなくても芹愛《せりあ》は俺を父親には会わせなかったと思う。多分、そんな気がする」

対面したその瞬間から、芹愛の顔は強張っていた。いかに隣人とはいえ、芹愛の中で俺は明確に軽蔑すべき人間だ。そんな人間がアポイントメントも無しに菓子折を持って現れたら、警戒しないはずがない。

「謝らなくて良いなら、逆に言わせてもらうけど。あんなに感じの悪い奴だと思わなかった。あれが手土産まで持って、お見舞いに来てくれた同級生に言う言葉？　あんな奴の何処《どこ》が良くて好きなわけ？」

さっきまで殊勝《しゅしょう》な顔を見せていたくせに、本当に変わり身の早い女だった。

「芹愛のことを悪く言わないでくれ。悪いのは全部、俺なんだ」

「どういうこと？」

「嫌われて当然のことをしてしまったから」

「何それ。まさか下着でも盗んだの？」

「お前、俺を何だと思ってるんだよ」

「根暗なストーカー」

酷《ひど》い断定だったが、的外れな指摘でもない。

自嘲の溜息が零れ落ちる。

「言い返してよ。本当に私が悪口言ったみたいになるじゃん」

「あながち見当外れでもないしな。言ってなかったけど、芹愛と話すのは何年か振りでさ。親に頼まれて届け物をすることがあったから、会うのが久しぶりってわけじゃないけど、喋《しゃべ》ったのは本当に久しぶりだった」

「……そんな人間のことを、どうして好きなわけ？　顔が好みってこと？　でも、あれだったら私の方が可愛《かわい》くない？」

「雛美って変わってるよな。何処からそんな自信が湧いてくるんだ？」

「私だよ？　鏡を見れば自信くらい湧くでしょ。常識的に考えて」

どうやら雛美と俺の常識は別物らしい。

「軽蔑されているって自覚もあるのに、何でこんなに好きなんだろうな。どうしてあいつじゃなきゃ駄目なんだろう……。あんな風に突き放されてもさ、感じが悪い奴だとか、そういう風には到底思えないんだ。どんなに冷たい言葉をかけられても、久しぶりに喋れたことがたまらなく嬉《うれ》しくて……」

「綜士は変態だったんだね」

「お前は本当にはっきり言うのな」

放課後、望遠レンズで好きな女の写真を撮ることを生き甲斐《がい》にしている、気持ちの悪い男。それがありのままの俺の姿だ。一騎《かずき》は優しい奴だから馬鹿にしたりしなかったけど、雛美が指摘したように俺の本質は歪んでいると思う。

冷たい言葉をかけられただけなのに、声を聞けたことに喜びを感じてしまうような、そういうどうしようもない……。

「でもさ、私は別に良いと思うよ」

「何が良いんだよ」

「今の世の中って、無気力な奴が多いじゃん。やりたいこともないくせに、頑張ってる人間の粗探《あらさが》しばかりしてるような奴。私、そういう奴らの方がよっぽど下らないって思う」

雛美は白い歯を見せながら笑って見せた。

「別に変態でも根暗でも良いじゃん。好きなものを好きって言える綜士は、格好良いと思うよ」

どうやら俺はただ呆《あき》れられているだけでもなかったらしい。

「まあ、人に迷惑をかけない範囲で、うじうじと片想いを続けたら良いさ。あんな女の何処に魅力があるのか意味不明だけど」

これは雛美なりの励《はげ》ましなのだろうか。

まだ親しくなって二日だが、雛美は裏表のない女だ。オブラートを破り捨てて本音をずけずけと言ってくるけれど、笑顔を作りながら心の中では別のことを考えているような人間ではない。

「雛美の彼氏って大学院生だったよな」

「そうだよ。二十四歳。未《いま》だ就職活動中」

「七つも年上の男と何処で知り合うんだ？」

「あれ、話してなかったっけ？　中学の時に家庭教師をしてもらってたの」

「へー。お前でも中学の時は真面目《まじめ》に勉強してたんだな」

白鷹《しろたか》高校は県では名の通った私立の進学校である。うちの高校に入学しているということは、少なくとも中学まではかなり優秀だったはずだ。

「真面目だったかは分からないけど、どうしても白鷹高校に入りたかったから、追い込みは頑張ったかな。まあ、私の頭脳があれば楽勝だったけどね」

案外、中学までは勉強しかしていなかったタイプだったりするのだろうか。高校に入学した途端、今までの反動で奇行が多くなったなんて可能性もあるのかもしれない。

「どうして白鷹高校に入りたかったんだ？」

普段は聞かれていないことまでペラペラ喋るくせに、その質問をした途端、闇夜を見据えて雛美は口を閉じてしまった。それから、幾許かの沈黙を経《へ》た後で。

「……何でだろうね。昔のことは忘れちゃった」

「それ、覚えてる奴が言う台詞だよな」

こんな風に適当な生き方をしている女でも、話したくないことなんてあるんだろうか。

大して興味があるわけでもないし、これ以上、追及するつもりもないが……。

「人生ってさ。案外、上手くいかないよね」

停留所に向かって来るバスを見つめながら、溜息交じりに雛美が呟《つぶや》く。

「語れるほど長生きしてないだろ。まだ十七年だ」

「言っとくけど、私は綜士より二年も長く生きてるよ。これ、四回目の十七歳だもん」

「じゃあ、終わりにしなきゃだな」

バスのヘッドライトに目を細めながら、雛美が立ち上がる。

「そうだね。もう、うんざりだよ。あんな絶望は」

「救おうぜ。お前の恋人も、芹愛のことも」


二人を救ったところで、多分、人生はままならないのだろうけれど。

気付かれないまま誰かを守って見せる。そんなことが出来たなら、こんなゴミみたいな人生でも、きっと少しはマシになるはずだ。

4

「それで、織原芹愛《おりはらせりあ》の父親に会いもせずに帰って来たというわけか?」

翌日の土曜日、報告のために時計部へ出向くと、千歳《ちとせ》先輩からの詰問が飛んだ。

「仕方ないじゃん。綜士《そうし》が嫌われてるとかって言って、びびっちゃったんだから」

溜息の後で、千歳先輩は俺を見据える。

「まあ、良い。目に見える成果は初めから期待していなかった。問題は織原芹愛に嫌われているという綜士の言葉が、頑迷《がんめい》な思い込みではなく事実だったという点だ。対処法を考えるにあたって、多少、厄介なことになるかもしれないな」

「すみません」

「理由は聞かせてもらえるのか？」

「……言いたくないです。小学生の頃の話だから、今更どうにかなる問題でもないですし」

「では、その話題は脇に置いておこう。ただし、もしも事態が抜き差しならない場面を迎えた時には追及させてもらう。考え得る最も効果的な手段は、すべてを彼女に伝えて警告することだ。しかし、タイムリープが起きているなんて話を、普通の人間が信じるはずもない。君が嫌われているとなれば、なおのことそうだろう。彼女に真実を伝えるのは、現実的な案ではないようだ」

昨日の出会いのせいで、芹愛から雛美《ひなみ》への印象も最悪だろう。二回も留年している変わり者の先輩の話に、説得力を感じてもらえる可能性も低い。実際にこの身で体験した俺ですら半信半疑なのだ。芹愛が俺たちの話を信じてくれるとは到底思えなかった。

「僕の方で一つ新しい情報を摑んだ。彼女の継母、織原亜樹那《おりはらあきな》についてだ」

そう言えば、昨日、千歳先輩は亜樹那さんについて気になることがあると言っていた。

「彼女は現在、妊娠五ヵ月目だそうだ。綜士は知らなかったのか？　お腹《なか》も膨《ふく》らみ始める頃合いだろう？　本人も隠していないようだが」

「……気付いてませんでした。教室で話していたこともなかったし」

「妊娠五ヵ月目ってことは、産休に入るのはもう少し先か。綜士の記憶では、お父さん、もうすぐ亡くなるんだよね。織原家、大変なことが重なってるね」

あんなにも芹愛のことを見つめていたのに、隣家で起こっていた重大事件を、俺は昨日まで何一つ知らないままだった。

「昨日話した通り、僕は織原芹愛の死因として、自殺の可能性を最も疑っている。そして、父親に死期が迫っていること、継母が妊娠中であることが分かった。以上の点を踏まえて、彼女が自殺に至る理由として、二つの可能性を考えてみた」

千歳先輩は手にしていた板チョコを中央で割る。

「一つは実母に続いて、父親を亡くしてしまうことによる失望だ。彼女の父親が白稜祭よりも早くに亡くなるのであれば、タイミング的にも誤差はない。しかし、いかに両親の死がショックであっても、自らの命を絶つまでの思考に至るだろうかという疑問は残る。姉もいるわけだから、完全なる孤独に追い込まれるわけでもない」

「もう一つの可能性は何ですか？」

「父親が亡くなった後の状況を推察してみた。継母と安奈《あんな》、芹愛の姉妹には血の繋がりがない。もしも三人の関係性が良好なものでなかったとしたら、家庭内はどうなる？　僕は亜樹那という教師のことを直接は知らない。彼女が義理の娘たちを家から追い出そうと画策することは考えられないだろうか。芹愛の姉は働きもせずに家にいるんだろう？　対外的にはニートと言って差し支えない状況だ。義理の娘に対し、何処まで愛情を注げるのかという疑問も残る。織原家に想像を絶する不和が生じていた場合、彼女がこの世界を儚《はかな》み、父親の後を追ってしまうことも有り得るかもしれない」

二つの推理を告げた後で、先輩は表情を崩す。

「自分で言っておいて何だが、正直に言えば、どちらの推察も的外れだろうなと思っている。しかし、他人の家庭というのは、外側から実態を摑むことが難しいものだ。織原家に想像を絶する混乱が生じている可能性も、現段階では否定出来ない」

近い内に家族を繫ぎ留める要《かなめ》の父親が死に、その後、新たな家族が誕生するのだ。織原家が岐路に立たされていることは間違いないだろう。

「五年近く前に聞いた話なので、参考にはならないかもしれませんが……」

「何か気になることがあるのか？　どんな些細な情報でも知っておきたい。気付いたことがあるなら何でも話してくれ」

「再婚当初、芹愛は亜樹那さんに対して壁を作っていたはずです。実際、俺は二人が親しくしている姿を見たことがありません。芹愛は亡くなった母親にべったりでした。だから父親の再婚相手を素直に受け入れることが出来なかったんだと思います。ただ、じゃあ二人の仲が今でも険悪なのかと言われると、それもまた微妙で。この前、職員室で話した時も、亜樹那さんは芹愛の怪我を本気で心配していたように見えました」

「それが演技ではなかったと言い切れるか？」

「……そんなことを言われても困りますけど」

「僕は君を責めているわけでも、織原家を弾劾《だんがい》しているわけでもない。可能性の話をしているだけだ。今の僕らには疑いを一つずつ消していくことしか出来ないからな。だから、また頼みたいことがある。織原泰輔《おりはらたいすけ》の病状を知っていた君の母親は、隣家の内情を知り得る立ち位置にいる。織原家の家族関係について今一度、母親に確認して欲しい」

最近は顔を合わせる度に、小言を言われてばかりだ。母親と話をするなんて考えるだけでもうんざりするのだが、千歳先輩の指示には耳を傾けないわけにもいかない。


母親と会いたくなくて俺が意図的に時間をずらしているため、我が家ではいつしか別々に食事をとることが当たり前になった。休日でも共に食卓に座ることはない。

しかし、どれだけ関係性が悪化しようと、子どもは子どもなのだろう。激しい口論を交《か》わした翌日でも、必ず朝食や弁当が用意されている。

社会人として忙しい生活を送っている母が、家事の協力を求めてくるのも当然だ。頭ではそう分かっているのに、俺は母の懇願《こんがん》を無視し続けて生きてきた。

結局のところ、親子喧嘩《げんか》が絶えないのは俺のせいなのだろう。そんなことは分かり過ぎるくらいに分かっている。俺が小言や愚痴《ぐち》を言われても当然の生活を送っているから、二人きりの家族なのに、我が家にはいつだって陰鬱《いんうつ》な空気が満ちている。


午後七時、帰宅するとリビングでテレビを見ながら母親が一人で夕食をとっていた。

普段であれば空になった弁当箱だけ玄関に置いて、挨拶《あいさつ》もせずに自室のある二階へ上がるのだが、今日は母のいるリビングへと足を踏み入れた。

「あら、お帰り」

俺が入って来ると思っていなかったからだろう。驚いたような顔で母が振り返る。

「腹、減ったんだけど、一緒に食って良い？」

「……良いけど。ちょっと待ってて。温めるから」

キッチンに向かった母の後ろ姿を眺めながら食卓につく。

テレビ画面に映っていたのは、お涙頂戴もののドキュメンタリー番組だった。他人の不幸を見て感傷に浸る感覚は理解出来ない。断りもせずにチャンネルを替えることにした。

「頂きます」も「ありがとう」も告げずに、用意された夕食に口をつける。

向き合った母親の目尻に、皺《しわ》が増えたように思うのは気のせいだろうか。

「清子《きよこ》がね、来週からまた海外に行くんだって」

清子というのは母の七つ年下の妹である。今も独身を貫《つらぬ》いているキャリアウーマンで、中途半端な時期に長期休暇を取っては、海外旅行を繰り返している人だ。

「今回はイタリアがメインらしいんだけど、欲しいお土産って何かある？」

「ミラノにも行くのかな。ジュゼッペ・メアッツァで試合を観てみたい」

「それ、サッカーの話？　またユニフォームを買ってきてもらう？」

「いらないよ。どうせパジャマにしか出来ないし、食えるものの方が良い」

イタリアの料理と言われて、すぐに思いつくのはパスタやピザだろうか。

「チーズを頼んでよ。たっぷりとチーズの乗ったピザが食いたい」

「じゃあ、そうメールを送っておくね」

食卓に置かれていた携帯電話に母親が手を伸ばす。

母がメールを打ち終わった後で、疑問だったことを尋ねてみる。

「そう言えばさ、織原さんが癌だって誰から聞いたの？」

「誰って亜樹那さんだけど」

「玄関で会って、立ち話で聞いたってこと?」

「まさか。七月に保護者面談があったでしょ。改まって、お隣さんと子どもの話をする気にもなれないしね。雑談をしている内に家の話になったの。本当に可哀想《かわいそう》。これから赤ちゃんだって生まれるのに……」

亜樹那さんが妊娠していることも聞いていたのか。

「あんたも芹愛ちゃんに会ったら、優しくしてあげなきゃ駄目よ」

「芹愛は関係ないだろ。そもそも学校でも会わないよ」

この流れなら突っ込んだことを質問してもおかしくは思われないだろうか。

「あのさ、織原さんが死んでも、亜樹那さんは向かいの家に住み続けるのかな?」

「当然でしょ。どういう理由があると家を出るのよ」

「だって亜樹那さんは、安奈さんや芹愛とは無関係だろ。血だって繋がってないし、赤の他人が一緒に暮らすなんて、気まずいだけじゃないか。織原さんが死んだら、あの家に残る理由だってなくなるんじゃないかなって」

おかしな話はしていないつもりだったのに、深い溜息をつかれた。

「あんたが何を言っているのか、さっぱり分からないわ。血なんて繋がっていなくても家族は家族でしょ」

「じゃあ、あの三人は仲が良いってこと? 他人なのに?」

「どうして他人なんて言うの？　亜樹那さんは立派に母親を務めてるじゃない。初婚なのにいきなり大きな二人の娘が出来て、途中から母親になるなんて簡単に出来ることじゃないわ。結婚前に一緒に出掛けたり、母親として認めてもらうために、沢山、努力をしたって言ってた。そうやってちゃんと絆《きずな》を深めているのよ」

絆なんて努力をして作るものなんだろうか。気付けば、そこにあるものをこそ絆と呼ぶんじゃないだろうか。

「もちろん、最初から全部が上手くいったわけじゃないみたいだけどね。時間と共に、ちゃんと愛を育《はぐく》んでいったの。安奈ちゃんと芹愛ちゃんは、毎日、家事を分担して手伝ってくれているそうよ。うちなんかより、よっぽど立派に家族をしているじゃない」

「体面を気にして取り繕《つくろ》ったことを言ってるだけかもしれないじゃないか」

「あんたはいつから、そんな風に捻《ひね》くれてしまったの？　安奈ちゃんが洗濯物を干しているところ、見たことあるでしょ。人の粗探《あらさが》しをする前に、自分の胸に手を当ててみなさいよ。あんたは何か一つでも家事を手伝ってる？」

気付けば、いつの間にか愚痴の矛先《ほこさき》が俺へとシフトしていた。

「料理もしない。掃除もしない。ゴミ捨てを手伝うどころか、分別もまともに出来ない。本当、そんなのでどうやって生きていくの？　私が死んだらどうするのよ」

「そういうことは死んでから考えるよ」

「見てみたいわ。私が死んだ後で、あんたがどれくらい苦労するのか」

「良い趣味してるな」

ああ、まただ。こうやって、結局いつも口論になってしまうのだ。

「ちょっと、まだ半分以上残ってるでしょ」

食事の途中だったが、席を立ち上がる。

「気分が悪い。もういらない」

「どうして、すぐにへそを曲げるのよ。夜にお腹が減っても何も作らないからね」

「子どもに食事を与えないのは虐待だって、ニュースで言ってたぜ」

「高校生は子どもじゃないでしょ」

いつものように口論で終わってしまったものの、目的は果たせたように思う。

亜樹那さんと芹愛の間に決定的な不和が生じているということはなさそうだ。芹愛が家族の不和を儚んで自殺に至るという可能性は、ないと判断して良いに違いない。

5

浮かんでは消える可能性の目を潰しながら。

正解に近付いている実感すらないままに、日々が経過してゆく。


九月二十八日、月曜日。

四限の授業が終わり、弁当箱を鞄《かばん》から取り出したところで、予期せぬ来訪を受けた。

「やっぱり一人で寂《さび》しくご飯を食べていたか。予想通りだわ」

振り返ると、猫みたいな顔で鈴鹿雛美《すずかひなみ》が立っていた。

「何しに来たんだよ」

「毎日、一人きりなんだろうし、一緒にご飯を食べてあげようと思ってさ」

「何で上から目線なんだよ。そっちこそクラスに友達なんていないだろ」

「むしろ友達しかいないよね」

雛美は五組の生徒である。教室での立ち位置なんて知る由《よし》もないけれど、友達に囲まれている姿は想像出来ない。

彼女の手にはパン屋のものらしき紙袋が握られていた。

「どうする？　ここで食べても良いけど、変な誤解をされても逆にアレだし、時計部に行く？　どうせ先輩も一人ぼっちだよ」

「お前って本当に失礼な奴だよな」

「誰に対しても壁を作らず、スクールカースト下位層にも分け隔てない態度を貫く。そんな私への感謝は、手紙にしたためて伝えたら良いんじゃないかな」

どういう育ち方をしたらこういう性格になるんだろう。

昼飯のために移動するなんて面倒臭い話だが、お昼休みに千歳《ちとせ》先輩がどんな風に過ごしているかは気になった。


「ねえ、一騎《かずき》って子が消える前も、教室でお昼を食べてたの？」

時計部の部室は南棟の三階に位置している。

部室までの道中、隣を歩きながら雛美が尋ねてきた。

「いや、大体は部室だった。俺たち以外に部員もいないしさ。今は完全にデジタルが主流になったけど、昔の名残《なごり》で現像用の暗室スペースもあるから、写真部の部室はほかの文化部より広いんだ」

「それをたった二人で独占していたってこと？　率直に言って妬《ねた》ましいな。暗室ってことは、遮光設備も完璧ってことだよね。お昼寝し放題じゃん」

「まあ、遅かれ早かれその思考にはいきつくよな。去年、風邪を引いた時に、一騎が寝袋を持ち込んでたよ。保健室のベッドより、誰もいない暗室の方が落ち着くとかって言ってさ。結局、具合が悪くて早退した上にインフルエンザだったけど」

今はもう届かない。触ることも出来ない記憶。

暗室に置かれていた寝袋もまた、一騎の消失と共に消えてしまった。一騎が持ち込んだ漫画や雑誌も、ホワイトボードに書き込まれた落書きも、すべての痕跡が、まるで冗談だったみたいに消えている。

だけど、俺だけは一騎がこの世界にいたことを、絶対に忘れることはない。そのすべてが幻だったなんて思えるはずがない。

好きなタイプを聞かれて、『いつでも自転車を立ちこぎしてそうな女』だとか、そんな風に答える奴が、本当はこの世界に存在していなかったなんて、有り得るわけがない。


「私も入部しようかな」

南棟の階段を昇りながら、ポツリと雛美が漏らした。

「……時計部に？」

「何でこの会話の流れで時計部に入るわけ？　写真部にだよ」

食い気味に突っ込みを入れられてしまった。

「私だってパーソナルスペースが欲しいもん。写真部の部室って誰もいないんでしょ。好き勝手に出来るのは魅力だよね」

「いや、俺がいるけどな」

「暗室にベッドって持ち込める？　今度、見に行って良い？　ちょっと前に読んだ小説にさ、部室にベッドを持ち込む駄目男の話があったんだよね」

「……お前、本気で言ってるわけじゃないよな？」

雑談を続けている内に、時計部の部室に辿り着く。

「遊びに来たよー」

ノックもせずに雛美が扉を開けると、千歳先輩がソファーの上でチョコレートをかじっていた。もう片方の手に文庫本が開かれている。

「すみません。こいつが一緒にお昼ご飯を食べたいって言って」

「綜士《そうし》も先輩もどうせ一人ぼっちでしょ。一人で食べてもつまらないじゃん。てかさ、先輩、お昼ご飯くらいちゃんと食べたら？　そんな食事で体育の授業は大丈夫なの？　普通に折れるでしょ」

「君は本当に不躾《ぶしつけ》な女だな」

非難の声など何処吹く風でソファーの隣に腰を下ろすと、雛美は先輩の手を持ち上げて文庫の表紙を確認する。先輩が手にしていたのは翻訳小説だった。

「これ、何の本？」

「相対的な回答を下すとすれば参考書だ」

「参考書？　ＳＦ小説に見えるんだけど」

千歳先輩が閉じた文庫本の表紙には、タイムマシンのような絵が描かれている。

「一般的に『タイムトラベル』と呼ばれる現象は、科学的な見地では実現し得ない概念だ。時間論で考えれば因果律《いんがりつ》が崩壊するし、エネルギーの総量という矛盾《むじゅん》も打破出来ない。実際、タイムトラベルが観測されたなんて事例は存在しないしな」

「……やっぱり私たちの話が創作だって言いたいわけ？」

「まさか。僕は君たちに発生した現象は疑っていない。だが、サンプルも無しに十全な考察を行うのは至難の業だ。君たちに起きている現象を見落としなく理解するためにも、見識を広げておかなければならない。世の中には文字通り『時震《じしん》』を題材とした本だってある。フィクションなんて、あくまでも参考程度にしかならないがね」

先輩が視線を向けたガラスキャビネットの上に、小説が山積みになっていた。

「時間遡行《そこう》について考察する場合、真っ先に持ち上がるのはタイムパラドックスの問題だ。君たちは『親殺しのパラドックス』という言葉を聞いたことがあるか？」

首を横に振る。雛美も同様だった。

「君たちが過去に戻される期間は、雛美が半年、綜士が一ヵ月だが、仮に十八年以上前に戻されたと仮定して考えてみて欲しい。そこには君たちを生む前の両親がいる。もしも、そこでどちらか一人を消したならどうなるだろうか」

「……そんなこと冗談でも考えたくないんだけど」

雛美は露骨に非難の眼差《まなざ》しを浮かべたが、千歳先輩は無視して説明を続ける。

「十八年前に両親が死んでしまった場合、君たちはこの世界に生まれない。ということは過去に遡ることも出来なくなり、両親が死ぬという事実もなくなるはずだ。君たちの身に起きている現象はタイムトラベルではなくタイムリープだから、そもそも十八年前に戻るなんてことは、絶対にありえないがね」

「じゃあ、やっぱりそんなこと考えるだけ無駄じゃん」

「確かに親殺しのパラドックスは極端な例だろう。とは言え、この世界でも既に何処かで、小さな矛盾が発生している可能性はある。しかし、実際には君たちがタイムリープする前と変わらずに、世界は今日も回っている」

「だから矛盾なんて起きていないってことでしょ？」

「もしくは君たちが過去に飛んだ瞬間から、世界が分岐しているかだ」

……世界が分岐する？

耳慣れない言葉に、俺も雛美も戸惑いを隠せなかった。

「『パラレルワールド』という言葉を聞いたことがあるか？　僕らが生きるこの現実とは異なる、もう一つの現実、平行世界が存在するという仮説だ。君たちが過去に飛んだ瞬間に、別の世界であるこの世界が発生した。そう考えれば、少なくともタイムパラドックスにおける大多数の問題は解決する」

「ちょっと何を言っているのか分からないんだけど」

「要するに雛美が過去に飛ばされた後も、そちらの世界は雛美が消失した状態で続いているということだ。僕らが過去を変えたところで、元の世界には何の変化も起こらない。だが、分岐によって発生したこちらの世界では未来が変わる」

「……そんなのSFですよ。小説の中の話じゃないですか」

俺の発言を受け、千歳先輩は小さく微笑《ほほえ》みながら頷《うなず》いた。

「僕もそう思う。タイムパラドックスもパラレルワールドもSFだ。フィクションの世界の空想に過ぎない。ただ、この記事を見て欲しい」

千歳先輩は木製机の引き出しから新聞を取り出し、俺たちの前に広げる。それは、過去の地方紙の三面記事だった。

「佐渡島《さどがしま》で夕刻、地震が起きた。数十件の通報があり、消防署の職員までもがその振動を体感していたのに、地震計には一切の記録が残っていなかった」

マーカーで囲われた記事を先輩が要約する。

「……五年前にこの町で起きた現象と酷似《こくじ》していますね」

「ああ。この町にタイムリーパーが二人いる以上、佐渡にだって同様の人間がいても不思議じゃないだろう？　そして、もしもその人物もまた、何らかの未来を変えたいと願っているのだとすれば、タイムパラドックスは決して非現実的な懸念ではなくなる。僕らが向き合っているのは、誰にも説明出来ない現象だ。常識とSFの間にさえ、安易に線を引くべきじゃない。あらゆる事態に備え、柔軟に思考出来るよう、想像力に余白を残しておく必要がある。僕がSF小説に目を通していたのは、つまりそういうことだ」

もう一度、記事に目を落としてみる。その新聞の日付は、八津代《やつしろ》町で時震が発生した五年前の八月八日より、さらに過去のものだった。

この町以外の場所でも時震が起きていた。逢着《ほうちゃく》した疑問を解決するために、千歳先輩は過去に遡《さかのぼ》って、時震について調べていたのだろう。

「あの……俺も何冊か読んでみたいです。こんな現象に巻き込まれるまで、俺は時間について深く考えたことがありませんでした。でも、幾つかの可能性を知っておけば、これから先、また意味が分からないことが起きても、対処出来るかもしれないですよね。どれから読んだら良いか教えてもらえませんか？」

「君は普段、小説を読むのか？」

「読みますけど、SF小説はまったく」

「では、放課後までに参考になりそうな本をピックアップしておこう。もっとも参考になるのは、いわゆる、ループものと呼ばれるジャンルだろうが……」

そのまま先輩は口元に手を当て、考え込み始めてしまった。

未だ何一つ、芹愛《せりあ》を救うための道筋は見つかっていない。

それでも、時間が有限である以上、出来ることから始めるしかない。

雛美のお陰でタイムリープにまつわるルールは整理されている。とは言え、彼女の理解には勘違いがあるかもしれないし、そのすべてが俺に当てはまるという保証もない。

芹愛を救えなければ、俺は再び一ヵ月前の過去に戻されるだろう。それは、俺たちの戦いが失敗に終わったことを意味するわけだが、本当に最悪なのは、芹愛が命を落とした上で、俺にタイムリープが発生しない場合だ。

千歳先輩が言うように、これは誰にも説明出来ない現象である。次に何が起きるかなんて断言出来ない。だからこそ、彼女を救うために全力を尽くさねばならない。

芹愛の父、織原泰輔《おりはらたいすけ》が亡くなったのは、それから二日後のことだった。

長月《ながつき》末日、九月三十日の夜に、泰輔さんは三人の家族に看取《みと》られながら息を引き取ったらしい。

意識を伴わない記憶というのは、あやふやなものなのだろう。泰輔さんの死は、学園祭の直前だったように思っていたけれど、もう少し早かったようだ。

木曜日を挟んで、十月二日。

小雨《こさめ》の中で葬儀が執り行われる。

葬儀が土日に行われていれば、俺も列席したのだろうか。

母は仕事を休んで葬儀に参列していたが、俺には何も言ってこなかった。


誰が消えてしまっても、世界は簡単そうに回り続ける。

涙を乾かす程度の速度で、白々《しらじら》しく時を刻んでいく。

父親が亡くなった日も、葬儀でも、芹愛は涙を一度も見せなかったらしい。

しかし、ショックでないはずがない。残された最後の親を亡くしたのだ。家には継母がいるとはいえ、心細さは契約によって家族になった人間の存在なんかじゃ、拭《ぬぐ》いきれないと思った。


孤独を突きつけられた芹愛が、痛みに晒《さら》されている。

ただ、それだけの事実がこんなにも苦しい。

守ってやりたいのに。

降り注ぐすべての痛みを受け止める傘にだってなりたいのに。

今日もこの手は届きやしない。

6

十月五日、月曜日の朝。

登校のために駅へと向かう芹愛《せりあ》の後を、随分と離れて歩いていた。

芹愛と雛美《ひなみ》の恋人が亡くなる白稜祭の初日は、今週末の土曜日だ。

俺たちは未だ、芹愛の死因を突き止められていない。


芹愛の父が亡くなってから、もう五日が経《た》っている。

土曜日まで部活動を休んでいた芹愛だが、日曜日には陸上部に復帰していた。

休日も部室に入り浸っている千歳《ちとせ》先輩が、彼女の姿をグラウンドで確認し、連絡をもらって急いで出向くと、走高跳《はしりたかとび》を繰り返す芹愛を久しぶりに見ることが出来た。

飽和せんばかりの哀しみを抱えながら、彼女は高く舞い上がる。その飛翔《ひしょう》が昨日までよりも美しく見えたのは何故《なぜ》だったんだろう。

走高跳は採点競技じゃない。美しさに与えられる付加価値などない。それでも、高く跳ぶ芹愛を見ているだけで涙が零れそうだった。

五年前、小学六年生の秋。

彼女を貶《おとし》めるために俺が起こした事件で、芹愛は俺を庇《かば》うために嘘をつき、俺は自分を守るために嘘をついた。その結果、彼女は本当に多くのものを失うことになった。

十二歳から十五歳までの三年半、芹愛の青春時代は闇に満ちていたことだろう。

誰一人味方のいない教室で、軽蔑と陰口に晒されながら、彼女は生きてきた。多感な中学時代を孤独に過ごしてきたのは俺だって同じだけれど、味わってきた感情が同じものだったとは思えない。望んで孤立した者の寂しさと、敵意に晒されながら甘受してきた孤独が、同じであるはずがない。

汚名と共に過ごした悪夢のような三年半。そんな孤独な期間が、芹愛の中の正常な感覚を壊してしまったのではないだろうか。

彼女の悪評を知る者などいないのに、高校に入ってからも芹愛は友達を作らなかった。登下校でも、部活動でも、いつでも一人きりだった。


もともと芹愛は友達の多いタイプではない。

孤立する前だって特別に仲良くしている友人というのはいなかった。だけど、昔から今のように感情を失っていたわけじゃない。現在、遠目に見かける彼女のように、徹底的に孤立や無表情を貫いているわけではなかった。

小学六年生、あの年の体育の授業で、走高跳をやった時もそうだった。誰よりも高く飛翔し、マット深くに身体を沈めた芹愛は、本当に楽しそうに笑っていた。初めて見るおもちゃを与えられた子猫のように、彼女は無邪気に笑っていた。

校内記録を更新した後で、芹愛が急速にクラスに溶け込んだのも、彼女が走高跳の話題でならば笑顔を浮かべるからだった。どうしたらあんな風に跳べるのか、踏み切りのコツはあるのか、どんな質問をされても、普段は無口な芹愛が楽しそうに笑って答えてくれる。きっと、そんな彼女の反応が嬉しくて、誰もが芹愛の周囲を取り囲んだのだろう。

走高跳は間違いなく、芹愛が見つけた宝物だった。

しかし、事件の後、今度こそ彼女は笑わなくなってしまった。中学で陸上部に入り、誰もが認めざるを得ないほどのジャンプを見せるようになったのに、どんなスコアを記録しても、芹愛はもう笑わない。

彼女の笑顔は、あの事件をきっかけに凍《こお》りついてしまった。

温かな感情を手に入れられなかった心は、きっと、いつしか壊死《えし》してしまう。求めることを、本当は求めていたことを、気付けば忘れてしまう。あの孤独な三年半が、芹愛をそういう人間に変えてしまった。

芹愛が自殺するとすれば、それは、彼女が自らの人生に最高深度まで失望したせいだ。

誰にも愛されない世界。誰を愛することも出来ない世界。そんな孤独でどうしようもない世界に、絶望してしまったからなのだ。

もしもこの推察が正しいなら、彼女の死は百パーセント俺のせいである。

誰よりも大切に想っているのに、自らの愚行のせいで芹愛が死んでしまう。

そんなこと、あって良いはずがない。許せるはずもない。

どんな手を使ってでも、阻止しなければならない。


俺は、まだ、たった十七年しか生きていない、馬鹿で愚鈍《ぐどん》なただのガキだ。

この感情を本当に『恋』と呼んで良いのかさえ分からない。

ただ、もしもこれが『恋』なのだとしたら、俺にとって『恋の目的』は、疑いようもなく贖罪《しょくざい》だ。

自分で奪っておいて、今更、与えたいも何もない。嫌になるほど理解しているけれど、芹愛に償いを捧《ささ》げる以外に、なすべきことが見つからない。

願いはいつだって痛いくらいにシンプルだ。

奪ってしまった芹愛の光を、彼女が知るはずだった喜びを、この手で取り戻す。

せめて彼女の命くらいは、俺のこの手で世界に繋ぎ止めなくてはならない。

芹愛は毎日、部活の朝練に参加している。

一般生徒の登校や社会人の通勤時刻としては、まだ、かなり早い時間帯だ。電車の車内には、ほとんど乗客の姿もない。

勇気を振り絞って芹愛の前まで歩き、その隣に腰掛ける。

運動部でもない人間には、こんなに早い時間に登校する理由がない。左手の腕時計に目を落とし、芹愛は怪訝《けげん》な眼差しを浮かべたが、すぐに文庫本に再び目を落とした。

「……大変だったな」

勇気を振りしぼって告げると、ページをめくりかけていた芹愛の手が止まる。

「何の用？」

こちらを見向きもせずに、彼女が低い声で問う。

「……お前、死んだりしないよな？」

近くに乗客の姿はない。

会話を聞いている者も、俺たちに注目している人間も、車内にはいない。

「何が言いたいの？」

「自殺とか考えていたら嫌だなって」

タイムリープをする前に母親から聞いた情報が正しければ、芹愛は五日後の夕刻に何処かの駅で死ぬ。どんな手を使ってでも阻止するつもりだが、もしも、それが自殺であるならば、遠くから眺めているだけでは止められないだろう。

「どうして私が自殺なんてするわけ？」

軽蔑を含んだ冷たい視線が突き刺さる。

「お前、昔、母親が死んでるだろ。父親まで死んじまって、凄く辛いんじゃないかなって」

「意味が分からない。それと私の自殺にどんな関係があるの？　私が死んでも親は生き返らない」

反論の余地もなかった。

俺たちの推測は芹愛が自殺するというゴール地点から逆算したものである。真っ当なことを尋ねているつもりではあったが、彼女からすればわけが分からないに違いない。

「この前、病院で一緒にいた人は友達？」

「……五組の鈴鹿雛美《すずかひなみ》。友達って言うか知り合いかな。夏休み前の終業式の事件、覚えてないか？　あの時、壇上に上がった女だよ」

「あんな人と知り合いだったなんて知らなかった」

「別に雛美だけじゃなく、俺の友達なんて知らないだろ」

「そうかもしれないね」

話しかけた直後は強張っていた彼女の声が、いつの間にか、無機質なものへと変わっていた。そこに敵意が感じられないだけで、俺にとってはたまらなく嬉しいことだった。

「……お見舞い、ありがと」

鼓膜に飛び込んできたのは、予期せぬ言葉。

「気が立ってて追い返してしまったけど、感謝はしてる」

「泰輔《たいすけ》さん、あれ、食べられた？」

芹愛は静かに首を横に振った。

「……そっか、そうだよな」

「お見舞いなんて初めてのことだったから驚いた」

「癌だったなんて知らなかったんだよ。あの日、初めて母親に聞いたんだ」

普通であることが、ただ、それだけで幸せだった。少なくとも今、俺は芹愛とまともに会話をしている。こんな風に話せる日がくるなんて夢にも思っていなかった。

そのまま電車が駅に到着するまで、俺たちはどちらも一言も喋らず、改札を出ると、彼女は振り向きもせずに、学校へ向かってしまったけれど。

それでも、光差す新しい場所に、一歩を踏み出したような気がしていた。


今朝の会話から推察するなら、彼女の死は自殺ではないのかもしれない。

駅で死んでいる以上、飛び込み自殺の可能性が一番高い。理屈は分かるが、事故や殺人の可能性だって、さいころを振って七が出る確率よりは高いはずだ。

Xデーに向け、千歳先輩は俺に織原《おりはら》家の内情を探らせつつ、自身でも芹愛についての調べを進めていた。そして、俺が知らなかった一つの事実を突き止める。

十月十日に隣県で『東日本陸上選手権』なるものが開催されるらしく、芹愛は女子走高跳の選手として選出されていたのだ。

父親が亡くなった直後であるにもかかわらず、傷心を押して陸上部の練習に参加していたのは、この大会に出場するためだったのだろう。

運命の当日、彼女は八津代町にいなかった可能性が高い。

これは一体、何を意味しているのだろうか。


芹愛の死を阻止するためには、彼女の傍《そば》にいなければならない。恋人を守るだろう雛美はともかく、俺と千歳先輩には旅行の計画を立てておく必要性が発生していた。

その日も放課後、真っ直ぐに時計部の部室へと向かおうとしたのだが……。

「杵城《きじょう》君。スタッフ証に貼る写真の提出、先週末が期限だよ」

廊下に出ると、学園祭の実行委員が二人待ち構えていた。

白稜祭に向けて校内が慌《あわ》ただしくなるこの時期、実行委員は分かるように腕章を巻いている。声をかけてきたのは選択科目で同じ生物の授業を取っている女子生徒だった。

「ああ……。ごめん。忘れてた」

「写真部は重要な役割を担っているんだから、しっかりして。明日までに提出出来る？」

写真部には高価な機材が支給される代わりに、卒業アルバム用の写真データを提出することが求められており、各催しへ出入りするためのスタッフ証が配られる。そこに顔写真を貼らなければならないのだ。

「デジタルデータを送って良い？」

「駄目に決まってるでしょ。ルールは文書で伝わってるはずだよね。指示通りのサイズの証明写真を提出して。承認後にスタッフ証を配付するから」

心底、面倒臭かった。こっちはそれどころじゃないのだ。

一騎《かずき》が消えた今、写真部には俺一人しか部員がいない。しかも初日は陸上選手権の会場へと出向く予定である。学園祭の写真など撮るつもりはない。言っても話がややこしくなるだけだし、今は黙っておいて、事後に責められたら退部するのも一つの手だろうか。


実行委員を適当にあしらった後で時計部に出向くと、既に千歳先輩と雛美がいた。

最近、雛美はお昼休みでも、この部屋にたむろしている。

「遅かったね。もしかして真面目に掃除でもしてたの？」

「お前、毎日、当たり前みたいな顔でここにいるけど、ほかにやることないのか？　彼氏の方は本当に大丈夫なのかよ」

「問題ないよ。古賀《こが》さん、土曜日は出掛ける予定が入ってるもの。この町にいなければ、時計塔からも落ちようがないでしょ。問題は芹愛の方だよ。そもそも何処の駅で死んだのかも分かってないんだもんね」

ロッキングチェアに座っていた千歳先輩が振り返り、封筒を差し出してきた。

「注文していた大会パンフレットが届いた。女子の走高跳は初日の午後三時から、メインアリーナで行われるようだ」

パンフレットを開くとエントリー選手の一覧が載せられており、参加選手、十九名の自己ベストが分かるようになっていた。記録を見る限り、芹愛が自分の身長以上の高さを跳んでいるのは間違いなさそうだった。

「どの程度の時間がかかる種目なのか分からないが、競技開始時刻を踏まえても、夕刻に死ぬという綜士《そうし》の記憶と矛盾することはないだろう」

芹愛は帰宅の途中で事故なり事件に遭遇したということだろうか。

それとも、大会での失敗か何かが引き金となり、可能性が高いと予想される自殺に至ったということだろうか。

「当日、大会会場に出向き、競技に出場した後の芹愛を見張れば、その死は食い止められるはずだ。だが、万が一ということもある。最も確実な方法を取りたいなら、朝から芹愛を尾行するべきだろう。幸いにも僕は顔が割れていないしな」

「はい。一番確実な方法を取りたいです」

「では、綜士、君は当日、早朝から織原家を見張ってくれ。芹愛が駅に着いたら、そこからは僕が尾行する。君は別の車両に乗ってついてきてくれたら良い」

「分かりました」

「競技場には最寄りの駅から直通のバスが出ているようだ。夕刻に何かが起きるとすれば、その駅かもしれないな」

「下見をしておいた方が良いかもしれませんね」

「ああ。念には念を入れておこう」

「本当、先輩がいてくれて良かったです。俺一人じゃ、きっと救えなかった」

「ねえ、もう一人忘れてない？　私も手伝ってるんだけど」

「俺と雛美だけじゃ、きっと戸惑うばかりで何も出来なかった」

「何で感謝せずに言い換えたの？」

千歳先輩が苦笑いを浮かべる。

「君たちのお陰で僕は好奇心を満たせている。恩義を感じる必要はないさ。それに、恐らく当日、僕はあまり役に立たないはずだ。足は遅いし体力もない。咄嗟《とっさ》の場面で彼女を止めることになるのは、綜士、きっと君だ」

「はい。これだけの準備をしてもらったんです。絶対に食い止めてみせます」

「まあ、当日は私もいるけどね」

あっけらかんとした口調で、雛美が言い放つ。

「……お前、陸上選手権について来るつもりなのか？」

「当然でしょ。学園祭になんていてもやることないもん」

「もう少し慎重になった方が良いんじゃないのか？　恋人を守ることに専念しろよ」

「その言葉にも一理あるが……」

千歳先輩が口を挟む。

「綜士の身にタイムリープが発生したのは、夜行祭での仕事を果たした後だ。一方、雛美の恋人が時計塔から落下するのは夜行祭の最中。タイミングの差を考慮すれば、一周前、つまり四周目の世界で雛美は恋人を守れていた可能性が高い」

「でしょ。だから大丈夫なんだって。前回も私は同じことをしたと思うし」

「同じことというのは一体何だ？　陸上選手権について来たいのであれば、納得出来る論拠を示して欲しい。君の恋人は十月十日の夜、何処にいる？」

「『THE LIME GARDEN《ザ ライム ガーデン》』って知ってる？」

初耳だったのだろう。千歳先輩は首を傾《かし》げる。

「最近、人気が出てきたフォーピースバンドです。特典商法に手を出さずに、チャートイン出来る絶滅危惧種だから、評判も良いんです」

「音楽というのは評判の良し悪《あ》しで聴くものではないと思うがね」

「今、ライブチケットの争奪戦が凄いの。ファンの数に会場のキャパが見合ってなくて、本当にチケットが取れないってわけ。で、私の彼氏もライデンのファンなんだけど」

「他人も知っている前提で略称を使うのは、いささか品のない行為だな」

「さっきから、いちいち細かい男ね」

　雛美は千歳先輩を睨みつける。

「説明しろって言ったのは、そっちでしょ。黙って聞いてよ。私の彼氏、チケットが取れずに打ちひしがれていたんだけど、ライデンがライブツアーでうちの県にやって来るのが今年は十月十日だったの。ここまで言えば分かったでしょ」

「恋人のためにチケットを取ったということか？　プレミアムチケットなんだろ？　どうやって取ったというんだ」

「ファンクラブに入ったの。私は半年前にタイムリープしてるからさ。ツアーの発表前に加入して、チケットを手に入れたってわけ。で、それをプレゼントしたの。ライブをめちゃくちゃ楽しみにしてたから、夜行祭になんて絶対来ないわ」

「そういうことか」

　神妙な顔で千歳先輩は考え込む。

「その反応は何？」

「まさか君の頭から、そんなスマートな対策が出てくるとは予想していなかった」

「酷い。先輩、私のこと馬鹿にしてたんだ」

「馬鹿にしているという表現には語弊《ごへい》があるが、比較的、愚か者だと思っていたのは事実だ。常識のある人間は、校長の代わりに壇上に上がったりはしないものだからな」

絶対とは言えないまでも、雛美の作戦は確かに効果的な気がした。

夜行祭は午後十時まで行われるが、ライブ終演後にわざわざ高校までやって来るとも思えない。四周目の世界で雛美にタイムリープが発生していないことを考えれば、確かにこの方法で彼女の恋人、古賀《こが》将成《しょうせい》は守れる気がする。

「そんなわけで私も陸上選手権に行くよ。芹愛が何処で死ぬか分からないんだから、協力者は多い方が良いでしょ。女じゃなきゃ入れない場所もあるもの」

真相究明のための時間は、もう、わずかに五日しか残されていない。

芹愛の死因を突き止めることが出来なければ、当日、実力行使で食い止めることになるだろう。雛美が主張するように、人数が多いに越したことはない。

果たしてその時をどんな形で迎えることになるのか。

今はまだ想像もつかなかった。

7

『雛美《ひなみ》抜きで相談したいことがある』

そんなメールを千歳《ちとせ》先輩から受け取ったのは、校門を出て駅に向かい始めた頃だった。

路線こそ違うものの、雛美も電車通学の生徒である。忘れ物をしたと彼女に伝えて、学校に一人、戻ることにした。

「呼び戻してしまい悪かったね」

「別に急ぐ理由もないので大丈夫です。それで話って何ですか？」

「もうこんな時刻だ。本題から入ろうか」

沈みかけの夕陽《ゆうひ》に、先輩は目を細める。

「単刀直入に聞くが、君は鈴鹿雛美《すずかひなみ》のことをどう思っている？」

「どうって……。変人だなって思ってますけど」

先輩は一体、何を話したいのだろう。知り合ってから、ほとんど毎日、一緒に行動している。千歳先輩に限っては有り得ない話のようにも思うが、まさか彼女に恋をしたとか、そんな明後日《あさって》の方向からの相談だったりするのだろうか。

「率直なところ、僕は雛美のことを信用していない」

鼓膜に飛び込んできたのは、まったく予期していなかった言葉だった。

「彼女はタイムリーパーだ。海堂一騎《かいどうかずき》の消失を言い当てたわけだから、それは間違いない。鈴鹿家に両親がいないという事実を考慮すれば、複数回タイムリープしているという話も本当だろう。だが、それでもなお、雛美が信用に足る人物だとは思えない」

「……どうしてですか？」

「彼女がすべてを正直に話しているとは思えないからだ。綜士《そうし》、僕は君のことは全面的に信用している。織原芹愛《おりはらせりあ》との遺恨に口を閉ざしたように、君にも話していないことはあるだろう。しかし、君は話せる限りの情報を明かしてくれているし、自らの不安についても正直だ。だが、雛美にはこの状況を何処か面白がっている節がある」

それは俺も何となく感じていたことだった。

「終業式のことを覚えているか？　あの日、壇上に上がった雛美は、今年の白稜祭が中止になると宣言した。今考えてみれば、あの日の意味不明な言動にも推測がつく。タイムリープ前の記憶によって校長が倒れることを知っていた雛美は、恋人の死に繋がる学園祭そのものを中止にしてしまおうと思ったんだろう。直情径行の彼女らしいやり方だ」

確かに白稜祭が中止になれば、恋人が夜行祭の最中に死ぬこともない。

「だが、どう考えても上手くいくはずなんてない。あんな杜撰《ずさん》な手段を取る人間に、ことの重大性が認識出来ているように思えるか？　何より、僕が疑念を抱く最大の理由は、雛美が五年前の時震を覚えていないと断じたことにある。友人が消えたという綜士の話を、僕が完璧に信じたのは、君が五年前に時震が起きた際、震源地である白鷹高校にいたからだ。小学生の君が時震発生のタイミングでこの場所にいたこと、その君にタイムリープなる現象が発生していること、両者が無関係であるとは到底思えない」

千歳先輩の言い分は、しごく真っ当なものだった。時震などという、おとぎ話のような仮説に俺が耳を傾けたのは、やはり五年前の体験があったからだ。あの時震をここで経験していたからこそ、すんなりと先輩の話を受け入れることが出来た。

しかし、雛美は時震の記憶などないと言っている。五年前の八月八日、八津代祭《やつしろさい》の記憶など忘れてしまったと言い張るのだ。

「僕の計算が正しければ、時震が発生したのは午後八時十三分だ。小学六年生だった雛美が既に眠りについていて、時震を覚えていないという可能性も有り得る。だが、それよりも彼女が何らかの理由で嘘をついていると考えた方が自然だ」

「わざと忘れた振りをしているってことですか？　でも、そんなことをする理由は……」

「何か隠したいことがあるのだとしたら、家で地震を経験したとでも言っておけば良かったんだ。ところが彼女は地震なんて覚えていないと白々しくも言い張った」

多分、雛美は嘘をつくのが上手い人間ではない。普段の言動も感情的だし、単純だし、思うがままに行動しているような印象を受ける。

「雛美に確認したいことは幾つかある。しかし、今話していないことは、今後も話してくれないだろう。よって彼女をよく知るだろう人物に直接ヒアリングを試みることにした。古賀将成《こがしょうせい》にアポイントメントを取ったんだ」

「よく雛美が連絡先を教えてくれましたね」

「雛美になんて聞いていないさ。大学に電話をかけて研究室に繋いでもらったら、すぐに辿り着いたよ。金曜日の午後二時から時間を取ってもらえることになった。綜士も一緒に来ないか？　二人の方が手掛かりの見落としも少ないはずだ」

白稜祭前日の金曜日は、午前で授業が終わり、午後は準備に当てられる。とはいえ、はなから学校行事になどまともに参加するつもりはない。

「行きます。会う場所を教えて下さい」

答えを出すのに、時間は必要なかった。

約束の当日。十月九日、金曜日。

俺は学校をさぼり、昼過ぎまで寝ていた。母親は早朝に出勤していったので、家でさぼっていても、ばれることはなかった。

古賀将成とは先月の半《なか》ばに一度だけ会っている。

駅で初めて会ったその日、古賀さんは俺とやり取りをする雛美を、にやにやと笑いながら見ていただけだった。どんな性格なのかも分からない。とはいえ、服の中にサッカーボールを入れ、妊婦の振りをするという意味不明な作戦に加担するような人だ。普段から恋人の尻に敷かれているのかもしれない。

待ち合わせ場所は、彼が通う大学の近くにある喫茶店だった。

年上の二人を待たせるのも失礼だろうと思い、約束の時刻より十分前に到着したのに、既に千歳先輩は先に来て席に座っていた。一体、何時に着いたんだろうか。

古賀さんは約束の時刻から五分ほど遅れて到着した。俺の顔を覚えていたようで、すぐに気付いて席までやって来る。

古賀さんと俺が紅茶を頼み、千歳先輩はホットチョコレートなる甘ったるそうな飲み物を注文していた。

オーダーを受けた店員が下がると、早速、先輩が口を開く。

「単刀直入に伺います。明日のライデンのチケットをお持ちと聞きました。僕は彼らがメジャーデビューする前からのファンなんですが、今回、どうしてもチケットが取れなかったんです。どうか一枚、譲って頂けませんか？」

「……話ってそんなこと？　どうしても直接会って話したいことがあるって言われたか

ら、何を言われるんだろうって、俺、凄い身構えてたんだけど」

普段目にしている十代の高校生男子と比べ、大学院生の古賀さんの身繕《みづくろ》いは洗練されていた。肩の力も抜けているし、笑顔の作り方一つとっても、何処か余裕を感じる。

「お願いします。僕は本当に彼らのファンで、特に好きな曲はセカンドの……」

「ちょっと待って。その話、長くなるでしょ。語りたくなる気持ちは分かるけど、先に言わせてくれ。確かに俺は二枚チケットを持ってる。でも、明日は彼女と観に行くんだ。彼女もライデンのファンなんだよ。だから、チケットを譲ってやるわけにはいかない」

……明日のライブを彼女と観に行く？

雛美自身が『THE LIME GARDEN』のファンなのかどうかはともかく、彼女もライブを観に行くなんて話、俺たちは聞いていない。明日、一緒に東日本陸上選手権の会場に出向くのであれば、ライブには間に合わないのではないだろうか。

「……確か彼女さんがファンクラブに入ってるんでしたっけ？」

「いや、入ってるのは俺だよ。チケットを取ったのもね」

その言葉を聞いた瞬間、千歳先輩の瞳の奥で何かが光る。

先輩が疑っていた通り、雛美は嘘をついていたのだ。

ファンクラブに入っていたのも、チケットを取ったのも、古賀さん本人だった。何周目の世界であろうと、公演日程は変わらないだろう。

雛美は彼がライブを観に行くと知っていたはずだ。では、何故、自分がチケットを用意したかのような嘘をついたのか。

「古賀さんは雛美さんの家庭教師だったんですよね？」

「そうだけど」

「そして、今も仲良くしている」

「まあ、仲が良いっちゃ、仲が良いのかな」


「雛美さんに恋人がいるか知っていますか？」


俺には千歳先輩の質問の意味が分からなかったのだけれど……。

「いや、いないだろ。あんな変わり者に彼氏なんて出来るのか心配だよ」

古賀さんは淡々とそう言った。それから、困惑の表情を浮かべる俺に気付く。

「……ああ。もしかして、君、俺と雛美が恋人だって、本気で信じてた？　あれ、学校をさぼるための嘘だよ。単位が心配だけど、どうしても行きたい場所があるからとかって言って、無理やり呼び出されたんだ。受験の時に、追い込みで偏差値を上げてやった恩人のことを何だと思ってんだろうな。あの嘘、教師に通じたのか？」

もう間違いないだろう。古賀さんは雛美の恋人ではなかった。

これは、どういうことだ?

頭が混乱して状況が整理出来ない。


「もちろん、ばれましたよ。あんな嘘、通じるはずがないですよね」

答えられない俺をフォローするように、千歳先輩が笑顔で告げた。

「雛美さん、いつも自分はもてるんだって自慢してるから気になって」

「そういうところあるよな。自信だけは無駄にあるんだよ。受験の時もそうだったもん。試験の三ヵ月前に、急に家庭教師の依頼がきてさ。どうしても白鷹高校に行きたいって言われたんだけど、到底、合格なんて考えられないような成績だったんだよ。それなのに、無理だって説得しても絶対に耳を貸さないの。白鷹高校以外には進学しないって言い張られたんだ。でも、まあ、それで本当に合格するんだから、ちょっとは見直したかな。最後の二ヵ月は大袈裟《おおげさ》じゃなく、毎日十時間とか勉強していた気がするし」

千歳先輩は自らの腕時計に目を落とす。

「わざわざ時間を取って頂き、ありがとうございました。ライデンのチケット、彼女さんと行かれるなら譲ってもらうのは無理ですよね。無理なお願いをしてしまい申し訳ありませんでした」

「まあ、気持ちは分かるよ。ライデンを知らずに生きてる奴は、人生を半分くらい損しているからな」

「そうですね。僕もそう思います」

しばしの雑談を経た後で、解散することになる。

千歳先輩は数日前まで THE LIME GARDEN の存在すら知らなかったはずだ。古賀さんとの話をスムーズに進めるために、この数日で徹底的に調べてきたのだろう。


喫茶店の軒下では金木犀《きんもくせい》が香っていた。

「さて、やはり収穫があったな」

古賀さんと別れると、千歳先輩は真顔で呟いた。

「古賀将成は雛美の恋人ではなかった。問題はどうして彼女が嘘をついたのかだ。大学院生の恋人がいるという見栄《みえ》を張りたかっただけなのであれば問題はない。君と駅で会った時に嘘をついたが故に、恋人と偽り続けたのだとしても、さほど問題はない。重要なのはタイムリープを止められるかどうかだからな」

「古賀さんは明日、間違いなくライブを観に行くと思います。彼が時計塔から落ちるということはないんじゃないでしょうか」

「ああ。僕もそう思う。だが、平気で嘘をつくような人間は、協力者として信用出来ない。綜士、僕は放課後、この議題を俎上《そじょう》に乗せるぞ。異論はないな」

「……そうですね。ちょっと可哀想な気もしますけど」

「可哀想？　どうしてだ？」

「だって、雛美は多分、本当に古賀さんのことが好きなんだと思います。片想いの相手を彼氏と言い張っていたことがばれるなんて、みじめな話です。それに、古賀さんには恋人がいるわけだから、雛美の想いは叶わない。そんなことまで知られてしまったなんて、自業自得とはいえ同情します」

「恋愛のことはよく分からない。綜士は雛美を問い詰めることに反対ということか？」

「いえ、反対するってほどじゃないです。ただ、同情するってだけで。俺も芹愛への一方的な想いを知られた時は、みじめな気分でしたしね」

腰に手を当てて、千歳先輩はしばし黙考する。それから、

「綜士、親友が消えたことを思い出せ。明日は絶対に間違うわけにいかないんだ。もう二度と、誰かの命が世界から消えてしまうなんてことがあっちゃいけない」

俺たちの当初の目的は、消えてしまった一騎を取り戻すことだった。しかし、その目的は果たせていないどころか、解決の糸口さえ見つかっていない。

きっと、今いる場所は、蟻地獄《ありじごく》の縁《ふち》なのだろう。

時の狭間《はざま》に食われてしまった友を救うことは、多分、もう出来ない。

何一つ取り返すことの出来ない撤退戦。そういう戦いなのだ。

それでも、これ以上の犠牲者を出さないために、俺は剣を振るわねばならなかった。


「……俺、先輩に聞きたいことがあったんです」

「疑問の放置は健全じゃない。気になることがあるなら聞けば良い」

「的外れなことを言ってしまうかもしれないんですが……」

それは、抽象的な疑問であるが故に、なかなか尋ねられずにいた質問だった。

「先輩って人の死に敏感ですよね？　極端なくらいに。特に自殺に関しては……」

予想外の言葉だったのか、千歳先輩は一瞬、虚を突かれたような顔を見せた。

「……どうしてそう思う？」

「芹愛の死について、先輩は自殺の可能性が高いって予想したじゃないですか。あの時、どうしてこんなに腹を立てているんだろうって不思議だったんです。自殺なんて絶対に認めないって語気を強めていたけど、芹愛は先輩にとっては赤の他人です。どうしてそんなに怒れるんだろうって。先輩にも過去に何かあったのかなって」

胸の前で両腕を組むと、先輩は真剣な眼差しで俺を見据えてきた。その顔は怒っているようにも見えたし、何処か怯《おび》えているようにも見える。そして……。

「すまないが僕にも話したくないことというのはある」

「そりゃ、そうですよね」

「しかし、一つだけ答えよう。僕が人の死に敏感であるという君の指摘は、恐らく的を射たものだ」

何だかおかしな話だけれど。

千歳先輩に話したくないと言われた時、心に浮かび上がったのは妙な安心感だった。

真っ直ぐに生きている先輩にだって話したくないことがある。そんな事実に、不道徳な安堵《あんど》を覚えてしまう。

「変なことを聞いてしまい、申し訳ありませんでした」

「何故、謝る？　君は言動に卑屈な部分が多過ぎるな。もう少し胸を張って生きるべきだ」

多分、千歳先輩の指摘は正しい。こんな俺でもそれくらいのことは分かる。

しかし、人生なるものを真っ直ぐに歩いて来なかったからこそ、胸を張って生きるなんてことは、想像も出来ないくらいに難しいことだった。

後ろめたいのも、何もかもが上手くいかないのも、すべては自分のせいだ。

はっきりとそういう自覚があるからこそ、今日も上手く笑えない。

多分、明日になっても、一年後になっても、こんな俺じゃ上手く笑えやしないのだ。

8

午後三時半、白鷹高校に到着する。

白稜祭を翌日に控《ひか》え、放課後の校舎には熱気が溢《あふ》れていた。本日は有志による前夜祭も予定されている。学園祭に熱を上げる生徒にとっては、慌ただしい一日となるはずだ。

生徒用玄関に着いたところで、一度、千歳《ちとせ》先輩と別れることにした。

明日は芹愛《せりあ》を見守るために、新幹線を使って移動することになる。可能性は低いが、そのまま宿泊することも考えられる。普段、機材を詰めて写真部の部室に置きっぱなしにしてあるバッグを、取ってくる必要があった。


必要な物だけまとめて、すぐに時計部へ行こうと思っていたのに、部室へ出向くと、待ち伏せをしていた学園祭の実行委員に捕まってしまった。

「杵城《きじょう》君、スタッフ証に貼る証明写真を提出してって、月曜日に注意したよね。もう金曜日なんだけど、どういうつもりなの?」

蛇に睨まれた蛙《かえる》というのは、こんな気持ちなのだろうか。何とか誤魔化そうと思うのに言葉が出てこなかった。そのまま、手芸部の準備風景を撮影しろと家庭科室に連行され、ついでのように撮られた自分の写真を、部室の機材でプリントアウトさせられる。

世界の周回というのは不思議なものだった。

俺は四周目の世界でも、学園祭の前日に同じような経験をしていた。実行委員に注意されていたにもかかわらず、証明写真を提出していなかった俺と一騎《かずき》は、手芸部の写真撮影を強制され、ついでに家庭科室でお互いの顔写真を撮っている。

あの日と違うのは、もう、ここに一騎がいないということだけだ。

明日、俺は芹愛を救うだろう。しかし、一騎を取り戻す手立ては存在しない。

不意に込み上げてきた涙を、実行委員たちの前で堪えるのに必死だった。

証明写真を提出し終えると、ようやく解放される。

「写真部の部員は一人なんだから、明日、しっかり働いてね」

釘《くぎ》を刺されたものの、耳を貸すつもりなどなかった。

俺は明日、登校しない。芹愛を救った後で、写真部は危難に見舞われるかもしれないけれど、未来のことなど今は考える気にもなれなかった。

バッグを手に時計部の部室へと移動する。

早くも到着していた雛美《ひなみ》は、猫脚ソファーに寝そべって雑誌を広げていた。

彼女が眺めているのは、明日の目的地である隣県を特集した旅行雑誌である。自分だってタイムリープしてしまうかもしれないのに、何故、行楽気分でいられるんだろう。

「綜士《そうし》、お昼休み何処に行ってたの？　先輩、教えてくれないんだよね」

荷物をキャビネットの上に置くと、ソファーに寝そべったまま雛美が尋ねてきた。

「何処って言うか、だるくて学校を休んだんだよ」

「うわ。不良じゃん」

「遅刻常習犯のお前に言われたくないよ」

体勢を起こし、雛美は旅行雑誌を差し出してくる。

「ねえ、明日のお昼、何を食べる？　朝から芹愛の尾行をするわけだから、かなり早い時間に到着すると思うんだよね。芹愛が会場にいる間は心配もいらないだろうし、お昼くらい美味《おい》しい物を食べに行こうよ。私、このページの洋食屋が気にな……」

「明日、雛美は連れて行かないよ」

いつの間にか千歳先輩がこちらを振り向いていた。その声から感情が消えている。

「前も言ったけど、私の彼氏は心配いらないんだって。だって明日の夜は……」

「ライブを観に行くんだろ。その話はもう疑ってない」

「じゃあ、良いじゃん。芹愛の方が心配だもん。私も二人に協力するよ」

「だから、その協力が必要ないんだ。君のことを信用出来ないからな」

千歳先輩の断定に雛美の顔が曇る。

「……どうしてそんなこと言うわけ？」

「君が嘘つきだからだ。一度、嘘をついた者は、その嘘を隠すために次の嘘を重ねる場合が多い。君がすべての嘘を告白しない限り、信頼するわけにはいかない」

「……私は嘘なんてついていない。何を根拠にそんなこと……」

「今日、僕らが古賀将成《こがしょうせい》に会ったと言っても、そう言い張るのか？」

雛美の顔に、はっきりと狼狽《ろうばい》の色が浮かんだ。

「彼は明日、恋人と共にライブに行くと言っていた。矛盾しているじゃないか。彼は君以外の人間と浮気をしているのか？　それとも君が浮気相手なのか？　答えは聞かなくても分かる。どちらも間違いであり、君が彼の恋人であるという話が嘘だっただけだ。何故、僕らに嘘をついた？」

雛美は憎悪のこもった眼差しで千歳先輩を睨みつける。

「自分たちが最低なことをしているって自覚はないの？　他人のプライベートを穿鑿《せんさく》して楽しい？　私の知り合いに勝手に会いに行って、私のことを聞き出して、ねえ、それってルール違反じゃない？　変人だからって、やって良いことと悪いことがあるよ」

「開き直るつもりか？　それは君の人間性を証明することになるぞ」

「はあ？　何で私の人間性が責められてるわけ。悪いのはそっちでしょ」

「年上の恋人がいると見栄を張りたかったのかもしれない。叶わない片想いをしているという現実から、目を逸《そ》らしたかったのかもしれない。僕には答えが分からないし、率直なところ、君の事情になんて興味もない。だが、君は隠してはいけない根幹についても嘘をついた。THE LIME GARDEN のファンクラブに入っているのも、ライブチケットを取ったのも古賀将成だった。この事実は、君が一つの重大な齟齬《そご》を、僕らの思考に刻もうとしたことを示唆《しさ》している」

千歳先輩の顔にもまた、はっきりと憤りが浮かんでいた。

「君は彼が時計塔から落下することを防ぐために、ライブを観に行ってもらうと説明した。しかし、彼はファンクラブに入っているわけだから、これまでの周回でも自力でチケットを手に入れていたと推測される。雛美、君は何処から嘘をついている？　彼は本当に時計塔から落下したのか？　彼が死んだのは本当に夜行祭の最中だったのか？」

……そうか。確かに先輩の言う通りだ。古賀さんはこれまでの周回でも、ライデンのライブを観に行っていたことだろう。だとすると根幹から話は覆る。

「雛美、僕も正直に話すから、君にもそうして欲しい」

千歳先輩は彼女への不審を抱きつつも、なお真正面から向き合おうとしていた。

「僕は君の隠し事を知らない。ただ、君が嘘をついたことだけは確信している。そして、これも先に言っておくが、僕は君が嘘をついたことを責めるつもりはない。何故なら、大抵の嘘つきには、そうせざるを得ない逼迫《ひっぱく》した理由があるからだ。君はいささか非常識ではあるものの、決して馬鹿な人間ではない。何の目的もなく嘘をついたとは考えられない。僕は君が嘘をついた理由を理解したいし、そのための努力もするつもりだ」

憐憫《れんびん》に誤魔化されず、感情に身を委《ゆだ》ねることもしない。

平衡《へいこう》が取れているというのは、きっと先輩のようなことをいうのだろう。

「綜士に協力したい。織原芹愛《おりはらせりあ》の死を止めたい。僕らは共に、本気でそう考えているはずだ。協力には信頼関係という土台が必要だろう？　だから、正直に話して欲しい。君の話は何処から何処までが嘘だったんだ？」

千歳先輩の真摯《しんし》な言葉を受け、雛美はしばし考え込む。しかし……。

「……私は嘘なんてついていない」

ここに至ってもなお、雛美の心は頑《かたく》なだった。

ギリギリまで伸ばされた親愛の手を、彼女は眼前で払う。

「ならば話は終わりだ。これ以上の議論は小田原評定《おだわらひょうじょう》にしかならないだろう。信用出来ない人間と協力し合うことは出来ない。決断を下したのは君の方だ。出て行ってくれ」

雛美の両目にはうっすらと涙が浮かび上がっていた。

「前回までは本当にチケットを取れていなかったのよ。だから私が取ってあげようと思ってファンクラブに入ったの。だけど、何故か今回は自分で取れていたみたいで……」

千歳先輩がこちらに疑問を投げかけるような視線を向けてきた。

「……タイムリープの前と後で、歴史が変わるとは思えないです」

「そんなこと断定出来ないでしょ。タイムリープの度に誰かが消えるんだから、何もかもが同じになんて進むはずがない」

「そうかな。俺たち以外の人間は、ほとんど同じ動きを見せていると思うよ。実際、今日もそう思わせられる出来事があった。一騎がいた時とまったく同じ案件で、実行委員に怒られたんだ。ライブチケットの入手だって、周回によって変わるとは思えない」

「僕も同意見だ。雛美、その主張を繰り返すのであれば、まずはファンクラブの会員であることを証明してくれ。会員証や会報があるはずだろう？　チケットも余っているはずだ。君の家まで出向いて確認しても構わない」

「……会員証も会報も捨てた。チケットはオークションで売った」

「お話にならないな。そんな子ども騙《だま》しの嘘で誤魔化せると思っているのか？　君には失望したよ」

「それはこっちの台詞！　人のことを信用せずに穿鑿を繰り返して、失礼なことをしているって自覚がないわけ？」

「微塵《みじん》もないね。僕はタイムリープを止めるために全力を尽くす。君にも協力をしたいと考えているが、嘘をつく人間には手を差し伸べられない。それだけの話だ。タイミングを考慮すれば、君が前の周回でタイムリープを防いでいることは想像に難くない。信頼関係を築けなかった以上、別行動を取るのがベストと考える」

感情を剝《む》き出しにする雛美と、冷静ながらも確固たる弾劾の姿勢を崩さない千歳先輩。二人の間に割って入ることも出来ず、結局、その大喧嘩は雛美が部室から出て行く形で収束することになった。

旅行雑誌を部室の床に叩《たた》きつけて、雛美は振り返りもせずに出て行ってしまった。


「……これで良いんだ」

疲れたような顔で呟いてから、千歳先輩は床の雑誌を拾う。

「僕らが織原芹愛を守れても、雛美が失敗したんじゃ意味がない。彼女は自分自身のタイムリープを止めることに集中するべきだ」

付箋を貼りながら眺めるくらいだ。雛美は明日の小旅行を本気で楽しみにしていたのだろう。家族を三人も失っているのに、この状況を楽しめる感性は理解不能だが、あそこまで完璧に言い負かされると、さすがに可哀想でもある。


明日の予定を確認した後で、千歳先輩と共に帰宅することにした。

本日、グラウンドでは日没後に前夜祭が行われる。

写真部としては前夜祭の模様を収めるべきなのかもしれないけれど、とてもそんな気分にはなれない。追い込みの準備に走り回る生徒たちを横目に、校門を出ることになった。

明日、俺は早朝から織原家を見張り、芹愛が白新駅《はくしん》に着くまで尾行する。その後は、顔の割れていない千歳先輩が、会場まで芹愛を見守ることになっていた。

長い一日になることは間違いない。今日は早めに休んだ方が良いだろう。


駅に着いた頃には、既に日が完全に暮れていた。

そして、足早に改札を抜けようとしたタイミングで、携帯電話に着信が入る。

立ち止まり、ディスプレイを確認すると、着信の主は雛美だった。

『もしもし。綜士？　今すぐ一人で時計部の部室に戻って来て』

「何でだよ。もう帰ってんだけど」

『良いから来て。必ず来て。待ってるからね』

言いたいことだけ告げて、あっさりと通話が切られる。

どうして、こいつはいつもこんなに身勝手なんだろう。


千歳先輩も既に帰った後である。

時計部の部室には、当然、一人の姿しかなかった。

日が沈んだ後の部屋で、灯《あか》りもつけずに雛美は一人、壁に向かっていた。

「って、お前、何やってんだよ」

「復讐《ふくしゅう》」

「怒られるぞ。これ、先輩の大切な資料なんだから」

部室の壁には四十七の時計が掛けられている。中央に設置されたチェーンドライブの振り子時計のみが正確な時刻を刻んでおり、残りはすべて時間が早められている。

千歳先輩の調べでは、五年前に起きた大時震の際に、各地で時計の時刻が狂うという現象が発生していたらしく、その時に調べた時差を、壁の時計で再現しているのだ。

しかし、雛美は掛け時計に手を伸ばし、次々と針をめちゃくちゃに動かしていた。

「私を疑った罰だ。人を嘘つき呼ばわりしたことを後悔させてやる」

「本当のことだろ」

「酷い。綜士も先輩の言うことを信じるの？」

「そりゃ、そうだろ。俺だって古賀さんに話を聞きに行ったんだ」

「じゃあ、証拠を見せてよ。前の周回でもあの人がチケットを取れたっていう証拠は？　私がファンクラブに入っていないって証拠は？」

「何で俺たちが証明しなきゃいけないんだよ。そんな証拠あるわけないだろ」

「じゃあ、分かんないじゃん。私が嘘をついてるなんて断定出来ないでしょ」

無茶苦茶な話だが、まあ、確かに……。

「綜士は先輩に言いくるめられただけだし、許してやっても良い。その代わり共犯者になって」

雛美は俺の右手を取ると、まだ手つかずの掛け時計の前まで引っ張る。

「ほら、早く綜士もやって。私を疑ったこと、許してあげるから」

「別に許してもらわなくて良いんだけど」

初めて触れた雛美の指先は、とても冷たくて。

何だかそれだけのことで、あんな風に弾劾された彼女に同情してしまう。

正論はとても痛い。正しい言葉は、容赦なく胸に突き刺さるからだ。

雛美は古賀さんのことを、いつから好きだったんだろう。

どうして好きになったんだろう。

大人な彼にはもう恋人がいて、高校生の雛美には、きっと手を伸ばしても届かない存在で。だから、あんな風に嘘をついてまで……。

逢着した難題には、何一つ回答が付《ふ》されていないけれど。

「……お前さ、ちゃんと明日、古賀さんのこと守れよな」

促《うなが》されるまま、掛け時計の時刻をいじる。

「はい。もう一つ」

今度は手首を掴まれて、隣の掛け時計の前に指先を連れて行かれる。

「俺の話、聞いてる？」

「逆に聞くけど、聞いてないと思う？」

なんて素直じゃない奴なんだろう。

そして、どうしていつも逆に聞くのだろう。

「守るよ。守るに決まってるじゃん」

表情の消えた顔で、雛美は真っ直ぐに俺を見据える。

「私の命を引き換えにしてでも、絶対に守ってみせる」

夜の帳《とばり》の中で、初めて鈴鹿雛美《すずかひなみ》の本音を聞いた気がした。

大事なことを誤魔化してばかりの彼女だけれど、三回もタイムリープをしてしまったこと、その度に大切な人を失ってきたことは間違いない。

雛美の胸に覚悟が生まれていないはずがなかった。

その時、ポケットに入れていた携帯電話が着信音を鳴らした。

「出なよ。どうせ先輩でしょ」

面白くなさそうな顔で雛美が告げる。

彼女が指摘した通り、電話をかけてきたのは千歳先輩だった。通話ボタンを押すと、

『もしもし、綜士か？　すまない。想定外の事態が発覚した』

焦りを滲《にじ》ませた先輩の声が鼓膜に届いた。

「何かあったんですか？」

『大会に出場する選手は、試合後、近隣のホテルに宿泊するかもしれない。不意にそんな可能性が気になってしまって、念のため、調べることにしたんだ。選手の親族を装って、運営委員会に尋ねてみた』

「想定外の事態ってことは、じゃあ、明日……」

『いや、僕の心配は杞憂《きゆう》で、試合後は個別解散になるという話だった。だが、別の場所に誤算があった。他府県からの出場選手は、どうやら全員が前泊しているらしい』

前泊？　じゃあ、芹愛はもう会場の近くに……。

『コンディション調整を考えての措置だろうな。不覚だよ。僕はスポーツに疎《うと》いから、そんな可能性、考慮すらしていなかった。本当にすまない』

『先輩一人の責任じゃないですよ。俺だってそんなことはまったく……』

『いずれにせよ、朝から芹愛を尾行することは出来なくなった。もう、こんな時間だ。これから現地へ向かっても彼女を捕捉出来ないだろう。明日、改めて出直すしかない。聞き出した選手の宿泊先は、会場と目と鼻の先だった。往復のために駅を経由することはない。女子走高跳の開始時刻は午後三時だ。競技会場で芹愛を見つけ、そこから見張るというのが現実的な代案になると思う』

「じゃあ、明日の予定は変更ですね」

『ああ。新幹線を使えば二時間程度で会場に到着出来るはずだ。どの道、会場以外の場所で芹愛を見つけることは難しい。必要以上に早く出向く意味もない。集合時間を午前十時に変更しよう。向こうに着いたら競技場を下見して、選手の動きを把握したい』

「分かりました。では、午前十時に白新駅で」


どれだけ準備を重ねても、予想外の出来事というのは起こり得る。

手遅れになる前に気付いて良かった。今はそう思うしかないだろう。

「ねえ、午前十時ってどういうこと？　尾行はどうなったの？」

「中止になった。大会に出場する選手は前泊しているらしい」

「前泊？　じゃあ、芹愛はもう向こうにいるのか。色んなことが起こるね」

「早めに分かって良かったよ。明日は多分、冷静じゃいられないと思うから」

俺にとって、芹愛を救うということは、自分自身を救うに等しい行為だ。

分水嶺《ぶんすいれい》は目前に迫っている。


「ねえ、綜士」

薄い月明かりだけが差し込む部屋に、雛美の感情のない声が落ちる。

「綜士はさ、どうして自分がこの世界に生まれてきたんだろうって考えたことある？」

「……ないよ。考えても仕方のないことは考えない」

「私とは違うね。私は一人になると、いつもそんなことばかり考えるよ」

窓を背にしているせいで、雛美の表情が分からなかった。

「一つで良いから、私がこの世界に生まれてきた意味があったら良いなって。私が生きているることを喜んでくれる人が、誰か一人でもいたら良いなって。いつも願ってる」

「……お前には大切な人がいるじゃないか」

「そうだね」

「しかも、諦《あきら》めなければ、いつか本当の恋人になれる可能性だってゼロじゃない」

俺とは違い、少なくとも古賀さんに嫌われているわけではないのだから。

「守ってやれよ。その人がいる限り、お前は一人じゃないだろ」

雛美は贅沢《ぜいたく》な悩みを抱えていると思う。

タイムリープなんて現象に巻き込まれる彼女を、幸せ者だとまでは言わないけれど、俺に比べれば、雛美は随分とマシな人生を送っていると思う。

「……そうだと良いね」


どんな未来を勝ち得ても、俺が芹愛につけた傷が癒《い》えることはない。

彼女に赦《ゆる》されることも、認めてもらえることもない。

だけど、それでも。

たとえ見返りなどなくても。


俺たちは明日、今度こそ大切な人を守らなければならない。

第五話

隣り合うこの世界は今も

1

十月十日、ついにその日がやってきた。

午前九時過ぎ、千歳《ちとせ》先輩との待ち合わせ場所へと向かうために、家を出ようとしたところで、母親に呼び止められる。

「これ、昨日の夕方に届いたんだけど、織原《おりはら》さんの家にお裾分《すそわ》けを届けてくれる？」

見慣れない包装の箱を持って、パジャマ姿の母親がキッチンから顔を覗《のぞ》かせる。

「清子《きよこ》のイタリア土産、うちだけで食べ切れる量じゃなかったの」

「そんなの自分で届ければ良いだろ。俺は急ぐから嫌だね」

「急ぐって何よ。こんな時間に出たって、どうせ遅刻でしょ」

平常授業であればその通りだが、

「学園祭だから点呼は午後なんだよ。遅刻じゃない」

もっとも、今日は学校に行かないだろうから欠席だ。

「家の手伝いをまったくしてないんだから、このくらい良いでしょ」

「このくらいって言うなら自分でやれよ。今日は休みなんだろ？」

「だから化粧をしたくないんじゃない。あんたが持って行ってくれれば、外出せずに済むんだから」

「そんなの俺が知るかよ」

「もう、どうしてそうやっていつも協力してくれないの？」

母親は表情を歪《ゆが》めたまま、玄関に箱を置く。それから、折った膝を戻したところで、小さくよろけてしまった。

老いを感じさせられる光景に、また一つ、胸のつかえが増える。

「安奈《あんな》ちゃんは家にいるはずだから、頼んだわよ」

「おい！　待てよ！」

俺の返事も聞かずに、さっさと母親はキッチンに引っ込んでしまった。

「話を聞けって！　俺は絶対に届けないからな！」

大会に出場する芹愛《せりあ》は前泊しているため、本日は自宅にいない。芹愛がいないなら織原家のチャイムを押すことにも気は引けないが、こんな態度を見せられたら手伝ってやろうという気も失《う》せてしまう。

「自分で届けろよ！　腐っても知らないからな！」

怒鳴《どな》り声に対して返ってきたのは、最近増えた母の咳《せき》だけだった。

俺みたいな駄目な子どもを育てるために、朝から晩まで働いて。

誰に感謝されることも、愛されることもなく、老いていく。

そんな人生に、一体どんな意味があるんだろう。

こんな毎日の何処《どこ》に、母は幸せを感じたら良いんだろう。

キッチンから聞こえる咳は、あてつけのように止《や》む気配がない。

「そんなに辛いなら、俺なんか産まなきゃ良かっただろ！」

捨《す》て台詞《ぜりふ》を残し、玄関を出る際、苛立《いらだ》ちに任せて力いっぱい扉を閉めた。壊れても不思議ではないほどの強さで閉めたのだ。鈍《にぶ》い音と振動は母親にも届いたことだろう。

こんなことをしたって何にもならない。誰も救われない。

頭では分かっているのに、八つ当たりのように怒りを発露《はつろ》することしか出来なかった。


ざらつく心に苛立ちながら、駅へ向かうための歩を進める。

芹愛を救うことだけに集中したいのに、朝から本当に嫌な気分にさせられてしまった。

俺なんかに期待しても失望するだけだと、どうしてあの母親は理解しないのだろう。

愚《おろ》かな母親のせいで、今日も朝から酷《ひど》く憂鬱《ゆううつ》だった。

……いや、悪いのは母親なんかじゃない。

分かってる。本当はよく分かってる。

悪いのは、いつだって我儘《わがまま》な俺の方なのだ。母親が頼んできたのは、向かいの家にお裾分けを届けることだけである。たったそれだけの造作もないことだ。

思い出すだけで最悪の気分になる。

こんな気持ちのまま出掛けたら、肝心な時に集中出来ないかもしれない。

憤《いきどお》りと葛藤《かっとう》を噛《か》み殺して、きびすを返す。

土産を届けるだけだ。暴言を謝るわけでも、貫《つらぬ》いた態度を撤回するわけでもない。

言い訳みたいな感情を胸に自宅まで戻り、扉を開くと……。


お土産の入った箱を前に、その場にうずくまり、母親が泣いていた。

予想外の光景に、一瞬で息が詰まる。

母親の涙を見るのは初めてじゃない。父が出て行った直後に、夜に一人で泣く姿を何度か見かけたことがあった。だけど、今、目の前で床を濡《ぬ》らすのは……。

母は俺が玄関に入っても、顔を上げることをしなかった。

何だよ、それ。こっちが悪いって言いたいのか？

そうやって泣いてりゃ、俺を責められるとでも思ってるのか？

わざわざ戻って来てやったのに、何でこんな姿を見せられなきゃいけないんだ。

かけるべき言葉も見つからないまま、奪うように箱を取り、早足に玄関から出た。


後ろ手で扉を閉め、道路に出ると、軽い眩暈《めまい》に襲われる。

どうして太陽の光は、いつも、こんなにも鬱陶《うっとう》しいんだろう。

頼んでもいないのに、眩《まぶ》しいくらいに照らしやがって。

どうしようもない自分への叱責《しっせき》は、当てつけの涙だけで十分だった。


足を動かすことさえ億劫《おっくう》だったけれど、待ち合わせに遅れるわけにもいかない。

お裾分けを持って織原家の扉の前に立ち、チャイムを押す。

埃《ほこり》のついたこのチャイムを押すのは、何年振りのことだろう。

芹愛も亜樹那《あきな》さんもいないと分かっているが、それでも緊張は抑えられなかった。

「あら、綜士《そうし》君。おはよう。これから学校?」

案《あん》の定《じょう》、出てきたのは姉の安奈さんだった。

安奈さんは玄関の前に立つ俺を見て、屈託なく微笑《ほほえ》んでくれた。

彼女は高校に通わなかったし、就職もしていない。いわゆるニートという奴《やつ》なのかもしれないが、いつも家で何をしているんだろう。

織原家の父が亡くなったのは、わずかに十日前のことだ。寂《さび》しさも、痛みも、まだ瘡蓋《かさぶた》にすら変わっていないはずである。

「親戚がイタリアに旅行に行って、お土産を送ってきたんです。ちょっと量が多かったから、お裾分けを」

「わー。ありがとう。そんなに素敵な物をもらっちゃって良いの？　一体何だろう」

「えーと、何だったたっけな。食べ物だったと思いますけど……」

「そっか。こっそり一人で食べちゃおうかな。なんてね」

悪戯《いたずら》な笑みを浮かべた安奈さんは、芹愛とはあまり似ていない。

こんな風な笑顔を、芹愛も家族の前でなら見せたりするんだろうか。

「じゃあ、俺は急ぐので」

「うん。ありがと。お母さんにもよろしくね」

何気ない安奈さんの言葉に、また一つ、心が揺らされてしまう。

きっと、俺は彼女の言葉を母には伝えない。そんな未来が容易に予想出来てしまった。

2

電車に乗り、集合場所である白新駅《はくしん》に到着する。

約束の時刻より早く着いたのに、またしても千歳《ちとせ》先輩の姿が先にあった。加えて、もう一人。到着した俺になど見向きもせずに、雛美《ひなみ》が千歳先輩と口論をしていた。

「分からない人だな。私の方は大丈夫なんだってば」

「大丈夫かどうかは君が決める問題じゃない。その時に備えてベストを尽くすべきだ」

「だからベストを尽くすために、ついて行ってやるって言ってるんでしょ。綜士《そうし》と先輩の根暗コンビだけじゃ心配だから、私が力を貸してやるのよ」

一晩が明けたというのに、未《いま》だに千歳先輩と雛美は昨日の喧嘩《けんか》を引きずっていた。

「綜士。君からも話してくれ。彼女は僕らについて来るべきじゃない」

「……もう諦《あきら》めましょうよ。こいつが人の話を聞かない女だってことは、もう分かってるじゃないですか。俺には説得出来る自信がないです」

「先輩よりも綜士の方が賢かったみたいね」

「それに芹愛《せりあ》が死ぬのは夕方です。正確な時刻は分からないけど、少なくとも事件が起きるのは夜じゃない。古賀《こが》さんが時計塔から落下するのは夜行祭のタイミングですし、芹愛を救ってからでも白鷹《しろたか》高校に戻れるかもしれません」

「そういうこと。まあ、私の計画は完璧だから、戻って来る必要もないけどね」

俺が折れたことで、説得を諦めたのだろう。

「……勝手にしろ。僕は忠告したからな」

千歳先輩が吐《は》き捨て、ようやく話がまとまる。

芹愛と古賀さんを救うことに成功し、明日を無事に迎えられたとしたら、二人はどんな顔で和解することになるんだろう。昨晩、雛美は部室の時計をめちゃくちゃにしている。和解した傍《そば》から再び大喧嘩が勃発しそうだが、まあ、明日さえ迎えられれば、俺にとってはどうでも良い話になる。

一騎《かずき》を取り戻せない限り、ハッピーエンドは迎えられない。

それでも、芹愛を守り切れたなら、多分、この人生に意味を見出《みいだ》せるはずだ。


新幹線に乗り込んでからも、雛美は終始上機嫌だった。

車窓を流れゆく景色に一喜一憂しながら、グミを頰張《ほおば》って騒いでいる。

雛美は中学二年生の冬に行われた修学旅行に、インフルエンザで参加出来なかったらしく、新幹線に乗るのも初めてのことらしい。

「新幹線って電車よりロックだよね。ビートが違うものね」

何を言っているのか、最初から最後までさっぱり分からなかった。

雛美は会場の最寄り駅に着くなり、名物ランチを食べに行きたいと主張し始める。

こいつには緊張感というものがないのだろうか。悠長にランチなど食べに行くはずもない。会場の下見を優先しようとする俺たちに押し切られ、雛美は渋々《しぶしぶ》、キオスクで買った駅弁で食欲を発散させていた。

予定通り、陸上選手権の会場には正午過ぎに到着する。

出場選手は芸能人ではない。会場の内部が観客に対して規制されているということもなく、少し歩くと、すぐに選手控《ひか》え室を発見することが出来た。

競技終了後の芹愛の動きは分からない。そのまま一人で帰宅するのかもしれないし、代表選手なのだから駅までの送迎があっても不思議ではない。

しかし、着替えのために少なくとも一度は、控え室へと戻ってくるはずである。ここを見張っていれば、その行方を補足出来るはずだ。

下見を終えた後で観客席へと移動した。

大会パンフレットには、午後三時から始まる女子走高跳《はしりたかとび》の選手として、織原芹愛《おりはらせりあ》の名前が記されている。

改めて出場選手を見ていくと、芹愛のほかにも四人の高校生がエントリーされていることが分かった。『資格記録』と『自己ベスト』という項目があり、芹愛は自身の身長を越える記録を持っていた。改めて見ても、信じられないような数値である。

走高跳とはどの程度の時間を擁する競技なのだろう。合計十九名という中途半端な数の選手が登録されているが、競技の性質上、それほど時間がかかるようには思えない。本日の目的は、競技終了後の彼女を見守ることである。それでも、これから始まる大会自体への興味だって当然あった。

これはユースの大会ではない。東日本陸上選手権である。

オリンピックを目指すレベルの選手も参加しているのだろうし、芹愛の実力が何処まで通用するのか、放課後の彼女を見つめていたからこそ、期待せずにはいられなかった。

3

競技開始予定時刻を前に、女子走高跳に出場する選手たちが姿を現し始める。

俺たちの姿を見つけてしまったら、動揺や嫌悪感から思うような跳躍が出来ないかもしれない。そんな心配もあったため、競技場所から少し離れたスタンドに陣取っていた。

トラックに登場し始めた選手たちに目を凝《こ》らし、芹愛《せりあ》の姿を探す。

彼女の雄姿を収めるため、高精度の望遠レンズとカメラを持ってきていた。しかし、肉眼よりもよほど優秀なレンズを装着しているにもかかわらず、芹愛の姿を見つけることが出来なかった。

「……トラックに十八人しか出て来ていないな」

「私にも貸して」

千歳《ちとせ》先輩の手から双眼鏡を奪い取り、雛美《ひなみ》が覗き込む。

「本当だ。見当たらない。あの子、三番目の跳躍だよね？」

これは一体、何を意味しているのだろうか。

芹愛の動向を見守るためにここまで来たのに、肝心の彼女が見つからない。

不安と恐怖が、急速に去来し始めていた。

「すぐに確認を取るべきだ」

「確認って主催者にですか？」

「一観客に応対してくれるとは思えない。学校に電話をかけて、担任に質問するんだ」

「でも何を聞けば……」

「適当で構わない。……そうだな。学園祭が何の単位になっているのか質問してみると良い。行事として個別に単位を設定しているか、総合学習か何かにまとめているはずだ。回答が返ってきたら、欠席しても構わないか聞くんだ。教師は立場上、絶対に駄目だと言ってくる。そこで彼女の名前を出せば良い。陸上選手権に出場していれば、今日の単位が入らない。本当に大会に向かったのかどうか上手《うま》く聞き出すんだ」

「先輩って相変わらず陰湿なことを思いつくのが得意だよね」

どさくさに紛《まぎ》れて雛美が何か言っていたが、彼女の相手をしている暇はない。

歓声が聞こえない通路まで戻り、電話をかけることにした。


結果的に千歳先輩の提案に耳を傾けたことは、正解だったといえるだろう。

通話を終えてスタンドに戻ると競技が始まっていたが、最早《もはや》、俺たちにとっては何の意味も持たない大会となっていた。

「昨日から体調を崩していたらしくて、芹愛は家で寝込んでいるそうです」

「じゃあ、こんなところには……」

「急いで戻るぞ！　彼女の身に何かが起きるのは夕方だ」

芹愛の姿が見えなかったことで、こうなることを予想していたのか、千歳先輩は俺の分まで荷物をまとめてくれていた。


タクシーに飛び乗り、電車を乗り継いで、新幹線の駅へと向かう。

芹愛の死を食い止めない限り、何もかもが無駄になってしまうのだ。

どんな手段を使ってでも、一刻も早く戻らなければならないわけだが、どう考えても新幹線を使うのが最速のルートである。そして、そこにどんな事情があろうと発車時刻が早まることはない。

　気が狂いそうなほどの待ち時間を経《へ》て、新幹線は動き出すことになった。

　新幹線の乗車時間は、およそ四十分だ。

　デッキに立っていようが、空席に着席しようが、到着時刻は変わらない。しかし、焦る気持ちを抑え切れず、デッキから移動する気になれなかった。

「ねえ、駅弁食べたくない？」

　焦燥感と共に車窓を流れる景色を見つめていると、呑気《のんき》な声で雛美に問われた。

「お昼に食べた駅弁が美味《おい》しかったんだよね。車内販売もしていないかな」

「……お前、こんな時に、よく食欲なんて湧くな」

　芹愛が死ねば俺が、古賀《こが》さんが死ねば雛美が、タイムリープに至るのだ。何もかもが台無しになり、再び同じ時を繰り返すことになる。

「だって、どれだけ気を張っても到着時刻は変わらないじゃん。食べられる内にご飯を食べておいた方が良いでしょ。絶対に長い夜になるんだから」

　言っていることは分かるが、理解までは出来ない。

　俺が雛美の立場なら、今日は一日中、古賀さんを監視していたいはずだ。

「私、車内販売のお姉さんを探して来る。綜士《そうし》と先輩の分も買って来てあげようか？」

俺は昼食にキオスクでおにぎりを購入したが、千歳先輩は板チョコをかじっていただけである。お昼はろくに喉《のど》も通らなかったし、空腹を感じていないわけではないけれど。

「俺はいらないよ」

「僕も遠慮しておこう。頭を働かせるには糖分があれば十分だ」

「後で欲しいって言っても、分けてあげないからね」

捨て台詞を残して、健啖《けんたん》家の雛美は前方車両へと向かっていった。

俺の方はともかく、先輩はさすがに何かもう少し栄養価のある物を食べた方が良い気がする。無理にでも雛美に弁当を買ってくるよう頼んだ方が良かっただろうか。

「……綜士に覚えていて欲しいことがある」

雛美の姿が完全に消えた後で、千歳先輩が真剣な眼差《まなざ》しで口を開いた。

「織原芹愛《おりはらせりあ》を守れた後、僕らは共に、雛美に協力することになるだろう。その場合を想定し、先に警告しておく。雛美は僕たちに本当のことを話していない。彼女が語った話は何処までが本当で、何処からが創作なのかも分からない」

「古賀さんは恋人じゃなかったんですもんね」

「少なくとも現時点で、僕はタイムリープにまつわる情報以外、ほとんどすべての話に疑いを向けている。古賀将成《こがしょうせい》が死んだ時刻、場所、死因、話はそれだけに留まらない。彼女がタイムリープに至ったきっかけの人物さえも、疑ってかかるべきだと考えている」

「……古賀さんの死が引き金になっているわけじゃないってことですか？」

「そこに嘘《うそ》をつかれていたら協力も何もない。雛美がそこまで愚かな女だとは思いたくないがね」

そりゃ、そうだ。

誰が死ぬか分からないんじゃ、協力のしようがない。

「古賀将成の死の状況について、彼女は克明に説明している。嘘をつくのであれば、屋上から落下したとでも言っておけば良いんだ。わざわざ時計塔から落下したなんて創作をする意味がない。死ぬ人物が別人と考えるのは、さすがに行き過ぎだと思うが、注意深くあるべきなのは間違いない」

雛美は共にタイムリープを止めようとする仲間である。疑うのは心苦しいけれど、先輩が言うように、一度、嘘をつかれてしまった以上、完全には信用出来ない。

人の心は覗けない。

他人の痛みは何処までも他人の痛みでしかない。

俺が芹愛との過去を話せなかったように、千歳先輩が死に敏感な理由を説明しないように、雛美だって何かしらの理由があって嘘をついたのだろう。そして、それを察することさえ出来ない俺たちは、疑いに身を寄せるしかない。

悩みの一つもない幸せそうな顔で、雛美は駅弁を頬張っていた。

「どんなに急いでも八津代《やつしろ》町に着くのは五時過ぎだな」

携帯電話で電車のダイヤを確認しながら、千歳先輩が呟《つぶや》く。

「気付かれずに監視するのが理想だったが、もう悠長なことを言っている余裕はない。綜士、覚悟を決めろ。本人と話すしかない。織原家の番号は知っているだろう?」

「……知りません」

本当は知っていたけれど、芹愛に電話するなんて出来そうにない。どうせ、俺の話なんか信じてもらえない。どんな忠告をしたって、そんなことをすれば余計に事態が悪化するだけのように思える。

「綜士、僕は嘘つきが嫌いだ。だが、今は君の言葉の真偽を確認する時ではない」

先輩はポケットから数字が書かれたメモを取り出す。

「上が織原家の番号、下が織原芹愛の所持する携帯電話の番号だ。こんなこともあろうかと事前に調べておいた」

千歳先輩は腕時計を確認する。

「もう四時四十五分を過ぎている。いつ何が起きても不思議じゃない。綜士、電話をかけるんだ。この期に及んでもなお出来ないと言うのであれば、その時は仕方ない。僕が彼女に説明させてもらう」

芹愛を助けたいと世界中の誰よりも強く願いながら、俺は目を向けなければならない場所から逃げ続けていたのだろう。すべてを芹愛に告げるということは、地球上で一番みじめなこの想《おも》いを告白するということにほかならない。そう理解していたから、ずっと、選択肢として考慮することすら避けてきた。

だが、ついに、どんな言い訳も通用しない場所まで来てしまった。

芹愛を救いたいなら、もう逃げることは許されない。

「……分かりました。俺が電話します」

消えそうな声で答えると、千歳先輩は力強く頷《うなず》いてくれた。


今、このデッキには俺たち以外に乗客がいない。

先輩が突き出した紙に記された番号を一つずつ押していき、携帯電話に耳を当てる。

入力したのは織原家の電話番号だった。携帯に電話すれば、どうして番号を知っているのか問い詰められることになるだろう。弾劾《だんがい》の言葉は一つでも少ない方がありがたい。

何から話せば良いかも分からないまま、死刑カウントにも似た呼び出し音に耳を澄ます。

五回の呼び出し音の後で、受話器が取られた。

『もしもし。織原です』

「あの……具合が悪いって聞いて……」

彼女の声を聞いた瞬間に、頭の中が真っ白になった。

その声を聞いただけで、血液が加速度をつけて身体中を巡っていく。

『どちら様ですか?』

「……綜士だけど」

『ああ。綜士君? 今日は二度目だね。えーと、電話の相手はもしかして芹愛かな?』

そこでようやく気付く。声が似ているせいで気付かなかったが、電話に出たのは芹愛の姉、安奈《あんな》さんだったのだ。冷静になってみれば、芹愛よりも口調が柔らかい。

『ちょっと待ってて。二階にいると思うから呼んで来るね』

子どもの頃から安奈さんと芹愛の姉妹は、とにかく仲が良かった。小学生の頃は、二人が手を繋《つな》いで登校する姿を何度も見ている。今でも休日に共に出掛ける姿を窓から見かけることがあった。

安奈さんは芹愛が心を許している数少ない人間の内の一人、ひょっとすると唯一の存在かもしれない。

『……もしもし。今、部屋を見て来たんだけど、あの子、体調不良で大会を休んだのに、出掛けちゃったみたい。制服がなかったから学校に行ったんじゃないかな。今日って学園祭だったんだよね?』

芹愛は夕刻に駅で死ぬ。

想定されていた通りに事態が動いていたことを知り、心臓が早鐘を打ち始める。

「あの、芹愛がいつ家を出たか分かりますか？」

『ちょっと分からないかな。お昼は一緒に食べたんだけど』

「それって何時ですか？」

『普通に十二時過ぎだったと思うよ』

「分かりました。突然、すみませんでした。あの、俺から電話があったことは芹愛にも亜《あ》樹《き》那《な》さんにも内緒にして下さい。それじゃあ、急ぐので」

何かを追及されても嫌だったし、口早にまとめて通話を切った。

「芹愛、制服を着て家を出たみたいです」

「じゃあ、学校に向かったってこと？」

駅弁を頬張りながら、雛美が尋《たず》ねてくる。

「食べ終わってないなら黙ってろよ」

「昨日から具合が悪かったんでしょ？　何で学校に？」

「そんなこと俺に分かるわけないだろ」

「家を出た時刻は分からないのか？」

怖いくらいの眼差しで先輩が問う。

「お姉さんは十二時過ぎに芹愛と一緒にお昼を食べたらしいです。ただ、あいつが家を出た時刻までは分からないって……」

「大会を欠場したものの、思った以上に体調が回復したから、白稜祭《はくりょうさい》に顔を出すことにした。普通に考えるなら、そんなところだろう。しかし、断定までは出来ないな。制服を着て家を出たことも、単に着馴れていた服を選んだだけかもしれない。綜士、君たちの自宅の最寄り駅は何処だ？」

「北河口《きたかわぐち》駅です」

「織原芹愛が学校に向かったのだと仮定すれば、北河口駅か高校前の白新駅、いずれかで事件が起きる可能性が高い。だが、彼女が昼食後、すぐに動き出していたとすれば、何処の駅で事件が起きても不思議ではない。判断材料が少な過ぎる」

千歳先輩は再び、番号を記したメモを突き出す。

「綜士、携帯電話にかけるんだ。直接、彼女を止めるしかない」

もう逃げ道はない。そうするしかないことくらい、俺にだって分かっていた。

心臓が捻じ切れんばかりの緊張と共に、自らの携帯電話からコールしてみたものの、芹愛が通話に出ることはなかった。

知らない番号からの着信に出るつもりはないのかもしれない。しかし、知らない番号からであっても、立て続けに複数の番号から着信があれば、平時ならざる状況であることは伝わるだろう。祈るような想いで、千歳先輩と雛美の携帯電話からもかけてみたが、芹愛が着信に反応することはなかった。

「八方塞《はっぽうふさ》がりじゃん。これじゃあ止めようがないよ」

新幹線の到着が迫っていた。駅のホームを視界に捉《とら》え、減速が始まる。

「ここから北河口駅へ向かうには、どのみち白新駅で乗り換えなきゃならない。現状、見張るべき駅はその二つしか思い当たらない。まずは白新駅で彼女の姿を探そう。そこで見つからなければ、白新駅に残る人間と、北河口駅に向かう人間に分かれるしかない。とにかく彼女を見つけて力ずくでも引き止めるんだ。それから先のことは、間に合った後で考えれば良い」

千歳先輩の言う通り、とにかく芹愛を見つけないことにはどうしようもない。

到着し、ドアが開くなり、雛美がホームに飛び出す。

「こっちよ!」

外にいた清掃員に駅弁の空箱を突き出し、雛美は俺たちを先導するように走り出す。

運動が苦手だからだろう。いきなりたたらを踏んで転びそうになった千歳先輩の腕を支えつつ、先頭を駆け出した雛美の後を追うことになった。

4

ホームに入ってきた電車に飛び乗り、白新駅へと急ぐ。

時刻は午後五時を回っている。既に手遅れになっている可能性も考えられたが、今はただ、その時が訪れていないことを祈るしかない。

「どうするの？　すぐに誰かが白新駅で乗り換えて、北河口駅へ向かう？」

「いや、北河口駅の捜索は後回しにすべきだろう。織原芹愛《おりはらせりあ》は昼食後に制服を着て出掛けている。彼女の死が夕方に発生することを考えても、一度、学校に向かった可能性が高い。今のところ、北河口駅でダイヤが乱れたという情報はない。彼女が心臓麻痺《まひ》や階段で転げ落ちて死んだのでもない限り、北河口では事件が起きていないはずだ」

電車に乗ってからも、千歳《ちとせ》先輩は携帯電話で路線情報を確認し続けている。

「選択肢は二つに一つ。三人全員で白新駅の構内を探すか、学校に向かったことを想定して、すぐに誰かを校舎へ走らせるか」

「芹愛がもしも高校に向かったのなら、まだ余裕があるってことだよね？　どうせ戻って来るんだから、駅で探し続けた方が良くない？」

雛美《ひなみ》の言う通りだと思った。芹愛が学校へ向かったのであれば、行きであろうと帰りであろうと確実に白新駅を利用することになる。動きを捕捉出来る可能性が最も高いのは、あと数分で到着する白新駅だろう。

千歳先輩は自らの携帯電話に、芹愛の顔写真を表示させる。

「僕は生身の織原芹愛を遠目にしか見たことがない。正直に言うが、後ろ姿や横顔ではお手上げだし、たとえ正面にいたとしても見つけられる自信がない。雛美は僕よりもマシだろうが、やはり人混みの中で咄嗟《とっさ》の判断がつくかは怪しい。綜士《そうし》、駅で最初に彼女を見つけるのは、きっと君だ」

先輩の真摯な眼差しが突き刺さる。

「いつも彼女を見つめていた君なら、どんな人混みの中からでも見つけ出すことが出来るはずだ。君にしか出来ない。しかし、君になら出来ることだ」

「そうか。この日のために綜士はストーカーを……」

茶化した雛美を睨《にら》みつけてから、先輩は俺の肩に両手を置いた。

「二人の命がかかっているんだ。失敗は絶対に赦《ゆる》されない。織原芹愛を見つけ次第、必ずその手を摑《つか》め。意味が分からない彼女は振りほどこうとするかもしれない。罵《ののし》られてしまうかもしれない。それでも、絶対に離しては駄目だ。良いか。もう一度、言うぞ」

語気を強めて、先輩は告げる。

「彼女の手を握って離すな。それが未来だ！」

今日という日を越えるためには、芹愛を守らなければならない。

芹愛の命を守らない限り、俺たちは誰も今日という日を越えられない。


気付けば、電車の減速が始まっていた。目的の駅に到着したのだ。

白新駅はハブステーションである。決して小さな駅ではない。

扉が開くなり、先頭でホームに飛び出すと、周囲をぐるりと見回した。

「このホームにはいません。向こうのホームを確認します！」

ここは普段、芹愛や俺が利用するホームではない。見える範囲に彼女の姿はなかった。

降車した客の波を掻《か》き分けて、別のホームへ移動するために階段を駆け上がる。

少し遅れて、雛美と千歳先輩も追って来ていた。

窓から階下の様子が見えたが、立ち止まることなく、そのまま普段、降車しているホームへと走った。

芹愛の姿を見つけることは目的じゃない。その手を摑んで離さないことが、そうやって彼女の命を守ることが、今の俺に課されている使命なのだ。

いつもの距離では、芹愛を守れない。

バランスを崩しながら、段飛ばしで階段を駆け降りる。

目的のホームは帰宅目的の学生でごった返していた。夜行祭に出ない生徒が、丁度、帰宅を始めた頃合いだったのだろう。

こんなに白鷹高校の生徒が多くては、制服は目印にならない。雛美たちには期待出来ないはずだ。千歳先輩が言ったように、俺が彼女を見つけるしかない。

すれ違う人々に肩をぶつけながら、謝罪の言葉も飲み込んで、ただ、ひたすらに首を回して芹愛の姿を求めていた。

彼女は今、何処にいる？

何処で何を見据えている？

駅の風景は普段と何ら変わらない。人死にが起きた直後とは思えない。

電車を降りる直前にも、千歳先輩はダイヤ情報を確認していた。北河口駅で事件が起きているということはないはずだ。芹愛が駅で死ぬとすれば、ここである可能性が高い。

『二番線に回送電車が参ります。白線の内側までお下がり下さい』

電車を待つ乗客たちの列に芹愛の姿はない。

電光掲示板に視線を向ける。

北河口駅方面からの電車が、次に白新駅へと到着するのは五分後だった。

芹愛はまだここに着いていないのだろうか。それとも既に到着した後であり、学校に向かってしまったのだろうか。そもそも事件が起きるのがこの駅でない可能性だって十分に考えられるわけだが……。

そんなことを思いながら足を止め、顔を上げた時だった。

線路を挟んで対面のホーム。

電車を並んで待つ人々の向こうで、ベンチに腰掛けていた女子高生が、緩慢《かんまん》に立ち上がった。彼女がうつむいているせいで、前髪に隠れたその顔の判別がつかない。

少女は立ち上がると、ふらふらとした足取りで白線まで歩み寄る。

そして、その少女の顔を俺が認識したその瞬間。

「芹愛！」

その名を俺が叫ぶのと、彼女が線路に飛び降りたのがまったく同時だった。

線路の上に着地した芹愛は、奇妙に歪んだ眼差しで俺を見つめ……。

信じられないものでも発見したかのように、芹愛がその両目を見開いた次の瞬間、凄《すさ》まじいブレーキ音と共に、視界が回送電車で埋め尽くされる。

「……嘘だろ」

脳が現実を処理出来ない。

たった今、目の前で起きた事象が、俺には理解……。

骨が無くなってしまったかのように、冗談みたいに両足が震えていた。

「あ……ああ……あああああぁぁぁぁ！」

言葉にならない悲鳴が喉を切り裂いていく。

バランスを失った身体《からだ》が地面に横倒しになり、地面に着いた右手を、恐ろしく強い力で誰かに摑まれた。

「これは時震《じしん》だ！　僕たちは失敗したんだ！」

自らもバランスを崩し、片膝をつきながら、恐ろしい形相で千歳先輩が叫ぶ。

「綜士！　正気を保《たも》て！　僕たちは失敗したが、これで終わりじゃない！　君はこれからタイムリープをする！　まだ、やり直せる！　だからよく聞け！」

先輩は俺の両肩を、痣《あざ》が残るほどの強さで握り締める。

「一ヵ月前に戻ったら、すぐに僕の下に来るんだ！　君の話がどんなに突飛でも僕は絶対に信じる。だから迷わずに来い！　織原芹愛は自ら線路に飛び込んでいた。僕は彼女を赦さない！　自分の命を自分で絶つような奴を、僕は絶対に赦さない！」

憤りを隠しもせずに、先輩は叫ぶ。

「僕は子どもの頃に、研究者だった父親を自殺で失っている。ずっと父を救えなかった自分を責めて生きてきたが、ある時からこう思うようになった。本当に責められるべきは、自殺なんかを決断してしまう弱い心だ。一人で生きている人間なんていないのに、そんなことに気付きもせずに自分の命を絶つなんていうのは、最低最悪に傲慢《ごうまん》で愚かな行為だ。この世の中で最も忌《い》むべき弱さの一つなんだ！」

目の前で起きた何もかもが夢のようでさえあったのに。

秘されていた先輩の心が明かされ、ぐちゃぐちゃになった精神が、ギリギリのところで正気を保つことに成功する。

「綜士、過去に戻ったら五周目の世界で見たことを、すべて包み隠さずに話せ！　僕は間違いなく君の力になる！　絶対に君と共に、織原芹愛の命を救ってみせる！」

時震の揺れは徐々に大きくなっており、周囲にはもう立っている人間が一人もいなかった。それでも、これだけ揺れているというのに、頭上から落下する物は何一つない。人間以外に倒れている物もなかった。

先輩の推理は間違ってなんていなかった。これは時間の振動、『時震』だったのだ。

遅れて駆け寄ってきた雛美が、倒れ込みながらも俺の腕を掴む。

「お願い、綜士！　私にも話して！」

俺の右腕を握る雛美の力は、信じられないほどに強かった。

「私は次も四周目の世界と思い込んで生きているはずだわ。だけど、綜士の力になりたいって本気で思っているから！　だから！」

「でも、お前は嘘つき……」

「力になりたいの！」

俺の反論を掻き消して、今にも泣きそうな顔で雛美は叫ぶ。

「綜士！　君に話した推理のすべてを、正確に、次に会う僕に伝えてくれ！　時間にまつわる話であれば、どれだけ脈絡のない話でも、絶対に僕は耳を傾ける。必ず君の話を理解してみせる！　綜士、とにかく一刻も早く僕の下に来るんだ！」

こんなに近くで叫ばれているのに、先輩の声が、ぶれながら聞こえていた。

終わりの時が、その時が近付いているのだ。

「綜士！　お願いだから私のことも信じて！」

まるで分厚いガラスで隔《へだ》てられたように、雛美の声は微《かす》かにしか聞こえてこなかった。

二人は信じられないほどに強い力で俺を摑んでいる。しかし、タイムリープによって過去に戻るのは、俺の精神だけなのだろう。

俺たち三人は、芹愛を救うことが出来なかった。

四周目の世界で母が語った通り、芹愛は十月十日の夕刻に駅で死んでしまったのだ。

だが、俺にはまだチャンスが残っている。

タイムリープで一ヵ月前に戻り、今度は死因を把握した状態で戦うことが出来る。

もう二度と、失敗するものか。

もう二度と、目の前で芹愛を失うものか。


織原芹愛がいない世界なんて、俺にとっては存在しないのと同じなのだ。

5

首元が汗でぐっしょりと濡れ、頭が割れるように痛んでいた。

確かな質感を持つベッドの上で目覚めた時、飛び込んできたのは、既視感のある光景ではなかった。

デジタルクロックに目をやると、九月十日、木曜日の午前二時半だった。

最初のタイムリープで目覚めた時と同じ日付ではあるものの、あの時は確か、普段の起床時刻と大差がなかったはずだ。

間違いない。前回のタイムリープと比べて、数時間の誤差が生じている。

タイムリープの発生が早まった分だけ、目覚めた時間も早まったのだ。

どれくらいベッドの上で放心状態になっていただろう。

千歳《ちとせ》先輩の記憶も、雛美《ひなみ》の記憶も、芹愛《せりあ》に訪れた予期せぬ最期の瞬間についても、こんなにも鮮明に記憶に残っている。それでも、目覚めた後では、やはりすべてが夢だったような気がしてしまう。

どうして、あの時、芹愛は線路に飛び込んだんだろう。

何故《なぜ》、彼女が死ななければならなかったんだろう。

一つだけ確かなことは、芹愛の死が事故でも殺人でもなかったということだ。俺はその瞬間を、はっきりとこの網膜に焼きつけている。彼女は足を滑《すべ》らせてホームに落ちたわけじゃない。芹愛は自らの意志で、回送電車の前に飛び込んだのだ。

立ち上がり、カーテンを開けてみたけれど、こんな時間だ。

当然ながら向かいの織原《おりはら》家には電気がついていない。今すぐにでも芹愛の生存を確認したかったが、そんなことは出来やしなかった。

内閣府の発表する自殺対策白書によれば、二十代、三十代の死因第一位は自殺であるという。

年間に何万人もの人間が自ら命を絶っている。そんな話を聞いても、今までは具体的に何かを感じたことがなかった。さしたる実感もなかったし、自分のあずかり知らないところで誰が死のうと、どうでも良い話だった。

しかし、今、この時に痛切に思う。タイムリープの直前、千歳先輩は芹愛のことを赦さないと叫んだ。二度と自殺なんてさせないと、そう叫んでいた。俺は誰かに説教出来るような人間じゃない。他人を責められるような人生を送っているわけでもない。だが、それでも、傲慢かもしれないけれど、千歳先輩が正しいと思った。

人間は自分の力で生まれてくるわけじゃない。一人の力で生きているわけでもない。誰だって、誰かに支えられて、誰かに想われて生きているのだ。

自分で自分の命を絶つなんて絶対に間違っている。自殺だけは絶対に間違っている。

『綜士《そうし》、とにかく一刻も早く僕の下に来るんだ！』

俺がタイムリープに至る直前、千歳先輩はそう叫んだ。

共に過ごした歳月は、たった一ヵ月だけれど、俺はもう先輩がどんな人間なのか知っている。あの人は真性の変わり者だが、知性と共に、揺るぎなき善良さを抱いている。

俺は他人に心を許すことが苦手な卑屈な人間だ。しかし、あんなにも真っ直ぐな千歳先輩のことだけは、疑いなく信頼出来る。

夜が明けたら、真っ先に先輩に会いに行こうと思った。

人並みの勇気すら持ちえない頭の悪い俺じゃ、何度チャンスを与えられても芹愛を救えないかもしれない。だが、今の俺には心から頼りに出来る人がいる。一騎《かずき》はいなくとも、もう一人、心を許せる友が出来たのだ。


ベッドに倒れ込み、月明かりの差し込む薄暗い部屋で、曖昧《あいまい》な境界線を見つめる。

これで三度目の九月だ。馬鹿らしくて授業なんて真面目《まじめ》に受ける気にはなれないことだろう。出席日数がやばいと雛美が言っていたけれど、彼女がそんなことになっていたのも、もしかしたら無理のないことだったのかもしれない。

動き出すのは次に目覚めた時で良い。アラームもセットせずに目を閉じると、やがて静かに意識が眠りの中へと引きずり込まれていった。


鳥のさえずりで目を覚まし、時刻を確認すると午前八時前だった。

はやる気持ちが、いつもと大差のない時間に身体を起こしてしまったようだ。

お昼休みでも、放課後でも、千歳先輩はいつ訪ねても部室にいるが、始業前はどうなんだろう。教室に行く前に、時計部の部室に顔を出してみようと思った。

身体が空腹を訴えている。

制服に着替え、朝食を取るために一階へと降りていった。

扉を開けてから尋ねたのに、返事が聞こえてこない。

母親は自室で化粧でもしているのだろうか。

「朝飯は何？」

「何だよ。朝飯くらい出しておけよ」

いつもは用意されているはずの朝食が、テーブルの上に出されていなかった。溜息《ためいき》をつきながらキッチンへ目をやり、妙な違和感を覚えた。

キッチンの様子がいつもと違うのだ。いや、キッチンだけじゃない。リビングの様子も何だか変だ。妙に整頓されている。いや、整頓されているのではなく、物が減っているのだ。昨日まであったはずの物が幾《いく》つも消えている。


残暑のせいではないだろう。

嫌な汗が背筋を伝った。


そんなはずない。そんなこと起こるはずがない。

胸に湧き上がる不安と恐怖を必死に打ち消しながら廊下へと戻る。

廊下の奥、突き当たりにあるのが母親の部屋だ。

歩みを進める度に廊下が軋《きし》む。

胸に湧き上がる恐怖のせいで、両足に力が入らず、視界が妙に揺れていた。

はっきりと血の気が引いているのが分かる。今、鏡を覗いたとしたら、そこに映るのは生気を失った白い顔をした男だろう。


冷たいドアノブに手をかける。

それから、どれくらいの時間、動けないでいただろう。

部屋の中から物音が聞こえてくることを信じたくて、昨日までと変わらない日常が今日も続いているのだと信じたくて、そうやって固まってしまっていたのに、世界は馬鹿な少年を嘲笑《あざわら》うかのように、頑迷な沈黙を続けていた。


眩暈がするほどの予感を抱きながら、扉をゆっくりと開けていく。

その先にあったのは、奇妙な空間だった。

存在していたはずの家具や日用品が中途半端に消えている。遠い昔に住人が消えてしまったかのように、もの寂しい生活感のない空間が広がっていた。

そして、空虚な部屋に足を踏み入れ、俺は思い知ることになる。

――この残酷な世界が、母を消し去ってしまったのだ。

第二幕『君と時計と塔の雨』に続く

あとがき

あの日、あの時、あの場所に戻って、もしもあの瞬間をやり直せたなら。

もう二度と間違ったりはしないのに。


そんな思いに囚《とら》われたことが、きっと誰しも一度や二度はあると思うのですが、人生というのはそう都合良く出来ていません。

本作、『君と時計と嘘の塔』の主人公は、強制的に精神が過去に戻る【タイムリープ】という現象に巻き込まれます。しかし、彼は一番やり直したい過去をやり直すことが出来ません。過去に戻る度に大切なものを失ってしまうのに、取り返しのつかない過去は、取り返しがつかないままなのです。

彼が辿り着く未来がどんな場所なのか、見届けて頂けると嬉しいです。


小学生の頃に、ミヒャエル・エンデの『モモ』を読んで以来、ずっと【時間】をテーマにした物語を書きたいと考えていました。

そんな念願の物語を世に送り出す機会を頂き、今回、初めて【講談社タイガ】で執筆することになったわけですが、本作を完成させるにあたり、最大の壁となったのは、やはりこのページでした。

本作の【あとがき】は私にとって、十八度目のあとがきとなります。

とはいえ、他社で出版した過去作でも、本作でも、あとがきの執筆を強制されたことはありません。つまり毎回自主的にあとがきを書いているわけなのですが、その都度、どうしても考えてしまうことがあります。

何故、私は本編を書き終えた後で、いつも、いつも、こんなにも苦しみながら、多くの時間を割いて、あとがきを書いているのでしょうか。もう何年も、ずっと、そんな葛藤が胸の中を支配していました。

もちろん、義務ではないのだから書かなければ良いだけの話です。

しかし、「あとがきを楽しみにしています」とか「あとがきとセットで好きになりました」などというお手紙を頂く度に、やはり次も何か小粋なことを書かねばならない。求められているうちが華なのだから、決して怠惰になってはいけない。そう自分に言い聞かせて、あとがきを綴って参りました。

世の中には小説を書くためのハウツー本が沢山出版されています。けれど、あとがきの書き方を教えてくれる本はありません。

小説に与えられる賞は数多く存在しますが、あとがきに与えられる賞はありません。言うまでもなく別個の原稿料も発生しません。

小説家は、いいえ、人は、何故、あとがきを書くのでしょうか。

賞レースとも印税とも無縁なのに、何故、書き続けてしまうのでしょうか。

この一ヵ月、本作のあとがきにひたすら悩み続け、ようやく着手した今、確かな答えが見えた気がしています。

きっと、私は「あとがきから逃げなかった」という記憶が欲しかったのだと思います。あの時、私はあとがきから逃げてしまった、一度でもそんな記憶があったとしたら、生放送などで本番のあとがきを書かなくてはならなくなった時に、自分に自信が持てなくなってしまいます。

だから、やはり私はあとがきを書くのです。書かねばならないのです。


正直に告白します。私は一度、逃げ出そうとしていました。

講談社タイガで書くのは初めてだし、手に取って下さる方も新しくなるだろうし、今回は面倒臭い洒脱《しゃだつ》な本だから書かないことにしよう。そう考えていました。

しかし、著者校（校閲様のチェックの入ったゲラ）が編集部から届いた際、最終ページの下部に小さく鉛筆でこう書かれていたのです。

「P250~253　フリーの予定です」

その文字を見た時、頭を殴られたような気がしました。そして、強く思ったのです。購入して下さる皆様のためにも、無駄なページなんてあっちゃ駄目だ。何より今日の自分から、明日のあとがきから、逃げちゃ駄目だ。

あの日、甘ったれだった私の心を叱咤《しった》するため（多分）に、鉛筆書きの文字を著者校に入れて下さった担当編集のK様。あなたのお陰で、私はあとがきから逃げずに済みました。弱い自分に打ち勝つことが出来ました。

雅《みやび》な装画で表紙を彩って下さったpomodorosa様にも、この場を借りて、最大級の感謝を申し上げます。

それでは、第二幕『君と時計と塔の雨』でも皆様と会えることを願いながら。

綾崎《あやさき》　隼《しゅん》

本書は書き下ろしです。

〈著者紹介〉
綾崎 隼（あやさき・しゅん）
2009年、第16回電撃小説大賞選考委員奨励賞を受賞し、『蒼空時雨』（メディアワークス文庫）でデビュー。「花鳥風月」シリーズ、「ノーブルチルドレン」シリーズなど、メディアワークス文庫にて人気シリーズを多数刊行している。近著に『レッドスワンの星冠』（KADOKAWA／アスキー・メディアワークス）がある。

君《きみ》と時《と》計《けい》と嘘《うそ》の塔《とう》
第一幕《だいいちまく》

2015年11月18日　第1刷発行

著者……………………………綾崎《あやさき》 隼《しゅん》

発行者…………………………鈴木　哲
発行所…………………………株式会社 講談社
〒112-8001 東京都文京区音羽2-12-21
編集03-5395-3506
販売03-5395-5817
業務03-5395-3615

本文データ制作……………講談社デジタル製作部
印刷……………………………凸版印刷株式会社
製本……………………………株式会社若林製本工場
カバー印刷…………………慶昌堂印刷株式会社
装丁フォーマット…………ムシカゴグラフィクス
本文フォーマット…………next door design

ISBN978-4-06-294005-4　N.D.C.913　254p　15cm